SV

Band 508 der Bibliothek Suhrkamp

Alejo Carpentier
BAROCK-KONZERT

Novelle

Aus dem Spanischen von Anneliese Botond

Suhrkamp

Titel des Originals: *Concierto barroco. Novela*

Druck: Druckhaus Nomos, Sinzheim
Printed in Germany
Erste Auflage 1976
ISBN 3-518-01508-7
(978-3-518-01508-7)

9 10 11 12 – 11 10 09 08 07 06

Barockkonzert

I

Aus Silber die schlanken Messer, die zierlichen Gabeln; aus Silber die Schüsseln, wo ein Baum aus getriebenem Silber in der Vertiefung des Silbers den Bratensaft auffing; aus Silber die Obstständer mit den drei runden, von einem silbernen Granatapfel gekrönten Schalen; aus Silber die von den Silberschmieden gehämmerten Weinkrüge; aus Silber die Fischplatten mit dem erhabenen Fisch auf Algengeflecht; aus Silber die Salzfässer, aus Silber die Nußknacker, aus Silber die Weinbecher, aus Silber die mit Initialen geschmückten Löffel . . . Und dies alles trug er, ruhig und gemessen, trug es achtsam, damit Silber nicht an Silber stieß, in den tauben Dämmer von Holzkisten, in erwartungsvolle Reisekörbe, in schloßbewehrte Truhen, trug es unter der Aufsicht des Herrn, der, noch im Schlafrock, von Zeit zu Zeit das Silber ertönen ließ, nur er, wenn er mit sicherem, vollen Strahl perkutierend meisterhaft in einen silbernen Nachttopf urinierte und das maliziöse Silberauge auf dessen Boden rasch blendete mit Schaum, der vor gespiegeltem Silberglanz sich zu versilbern schien . . . »Hierher, was dableibt«, sagte der Herr, »dorthin, was mitgeht« . . . Auch unter dem, was mitging, war Silber, geringeres Silbergeschirr, ein Satz Becher und natürlich der Nachttopf mit dem Silberauge, aber vor allem waren es seidene Hemden, seidene Unterhosen, seidene Strümpfe, Seidenes aus China und Porzellan aus Japan – das Service für Frühstücke, die man womöglich, kann man es wissen? in angenehmster Gesellschaft einnehmen würde – und Schultertücher, über die weiten westlichen Meere angereist aus Manila. Francisquillo, das Gesicht wie ein Bündel Wäsche eingeknüpft in ein blaues Tuch, das ein heilsam erweichendes Blatt gegen seine vom schmerzenden Backenzahn geschwollene linke Backe drückte, ordnete, was der Herr verstreute, pißte im Takt seines pissenden Herrn, wenngleich nicht in den silbernen Nachttopf, sondern in ein irdenes Gefäß, und ging wie dieser vom Patio unter die Arkaden, vom Hausflur in die Zimmer, respondierend wie ein Chor bei der Messe: »Hierher, was dableibt, dorthin, was mitgeht.« Und als die Sonne unterging, waren Silberschüsseln und Silbergeschirre, Chinesisches und Japanisches, Schultertücher und Seidenes so gut aufgehoben, jedes dort, wo es am besten entweder zwischen Spänen schlummerte oder auf die große Reise gehen konnte, daß der Herr, noch immer in Schlafrock und Nachtmütze, wo er längst ansehnlichere Kleider hätte anlegen sollen – aber heute erwartete er keine formellen Abschiedsbesuche mehr –, den Diener einlud, einen Krug Wein mit ihm zu teilen, da er sah, daß

alle Kisten und Truhen, Reisekörbe und Lederarchen geschlossen waren. Danach ging er geruhsam umher, und da alle Dinge in den Koffern und die Möbel unter ihren Schonbezügen lagen, betrachtete er die Bilder, die an den Wänden und Frontseiten hängen blieben. Hier das Porträt einer Nichte, die das Ordensgelübde abgelegt hatte, in weißer Kutte mit langem Rosenkranz, juwelengeschmückt, blumenübersät – wenngleich der Blick vielleicht zu inbrünstig – am Tag ihrer Hochzeit mit dem Herrn. Gegenüber, quadratisch, schwarz gerahmt, das Porträt des Hausherrn in so meisterhaft kalligraphischer Zeichnung, daß es schien, als hätte der Künstler es in einem einzigen kunstvoll verschlungenen, sich in Spiralen einschließenden, dann wieder ausgreifenden und erneut in sich zurücklaufenden Zuge hingeworfen, ohne je die breite Feder von der Leinwand zu heben. Aber das Bild von Glanz und Größe hing drüben im Ballsaal, der auch bei Empfängen und bei förmlichen Einladungen zu Schokolade und Atolli[1] benutzt wurde. Ein europäischer Maler hatte während eines Aufenthaltes in Coyoacán das größte Ereignis der Geschichte des Landes in einem Historiengemälde festgehalten. Dort saß ein Montezuma, halb Römer, halb Azteke, eine Art Cäsar im Schmuck der Quetzalfedern, auf einem Thron im Stil zwischen vatikanisch und *michoacán* unter einem Baldachin, der von zwei Lanzen gestützt wurde, ihm zur Seite, stehend, ein unbestimmter Cuauhtémoc mit dem Gesicht eines jungen Telemach, nur etwas mandeläugig. Vor ihm aber stand im Samtbarett, das Schwert am Gürtel – und setzte den anmaßenden Stiefel auf die erste Stufe des herrscherlichen Throns – Hernán Cortés, in dramatischer Konquistadorenhaltung erstarrt. Dahinter zückte Fray Bartolomé de Olmedo im Habit der Mercedarier mit wenig freundlicher Geste ein Kreuz, während Doña Marina in Sandalen und dem *huipil*[2] aus Yucatán mit geöffneten Armen und dem Ausdruck einer Fürsprecherin dem Herrn von Tenochtitlán zu übersetzen schien, was der Spanier sagte. Das Ganze in stark bituminiertem Öl nach dem italienischen Geschmack längst vergangener Jahre – während dort jetzt der Himmel der Kuppelwölbungen mit den stürzenden Titanen sich auf das Licht eines echten Himmels öffnete und die Künstler eine Palette sonnenheller Farben benutzten – mit Türen im Hintergrund, deren Portieren gelüftet wurden von den Köpfen neugieriger Indios, die begierig hereindrängten in das Theater jener geschichtlichen Begebenheiten, die dem Bericht irgendeiner Reise in die Tartarei entnommen zu sein schienen . . . Weiter drüben, in einem kleinen Salon, der zum Barbiersessel führte, wurden drei Figuren sichtbar, dem Pinsel der *Rosalba pittora* zu danken, der hochberühmten venezianischen Künstlerin, deren Werke mit ihrem grauen, rosa, zartblauen und meergrünen Sfumato die Schönheit von Frauen verkündeten, die um so anziehender waren, je distanzierter sie zu sein schienen. ›Drei schöne Venezianerinnen‹ war der Titel des Pastells der Rosalba, und der Herr dachte, daß ihm diese Venezianerinnen schon nicht mehr so distanziert vorkamen, würde er doch sehr bald die Kurtisanen kennenlernen – an Geld dazu fehlte es nicht –, die illustre Reisende in ihren Büchern so sehr gerühmt hatten, und daß auch er sich bald an dem lockeren Spiel mit den Astrolabien verlustieren würde, das viele dort betrieben, wie ihm berichtet war, und das darin bestand, durch die engen Kanäle spazierenzufahren und, verborgen in einer Barke hinter diskret nur ganz wenig geöffneter Markise, die Sorglosigkeit der jungen Weibchen abzupassen, wenn sie mit der größten, wenngleich nur vorgetäuschten Unschuld, wußten sie doch recht gut, daß sie beobachtet wurden, beim Zurechtrücken eines kühn geschweiften Ausschnitts manchmal flüchtig, aber doch auch nicht so flüchtig, daß man nicht genußvoll hätte betrachten können, den rosigen Apfel einer Brust zeigten . . . Der Herr kehrte in den Großen Saal zurück, las im Vorübergehen, während er rasch noch ein Glas Wein leerte, das horazische Distichon, das er im Kopfbalken einer der Türen hatte eingravieren lassen, in ironischer Adresse an seine Freunde, die alten Ladenbesitzer – nicht zu vergessen den Notar, den Inspektor der Maße und Gewichte und den Laktanz übersetzenden Pfarrer –, die er mangels Personen von höherem Verdienst und Stand zum Würfelspielen oder zum Entkorken der frisch aus Europa eingetroffenen Flaschen zu sich lud:

Es heißt, daß auch des alten Cato Tugend
Öfters im Feuer des Weins erwarmte.

In dem Gang, wo die Vögel schliefen, waren gedämpfte Schritte zu hören. Die nächtliche Besucherin kam, in Schals gewickelt, schmerzerfüllt, weinerlich, komödiantisch, auf der Suche nach dem Abschiedsgeschenk – eine reiche Halskette, Gold, Silber und Edelsteine, dem Anschein nach echte, obgleich man sie morgen, versteht sich, in das Haus eines Goldschmiedes würde tragen müssen, um zu erfahren, wieviel sie wert waren – und verlangte unter Küssen und Schluchzen einen besseren Wein als diesen, denn der aus dieser Karaffe, den sie jetzt tranken, angeblich Wein aus Spanien, war doch nur Wein mit Bodensatz, schütteln durfte man ihn nicht, sie wußte Bescheid, Klistierspritzenwein war es, gerade gut genug, um sich *das* auszuwaschen, um es deutlich zu sagen mit einem jener nichtssagend-bedeutungsvollen Wörter, die ihren unterhaltsamen Wortschatz würzten, auch wenn der Herr und der Diener aus purer Blödheit ihn söffen, und dabei wollten sie ausgemachte Weinkenner sein . . . Als ob sie dich in einem Palast mit Porzellanfliesen zur Welt gebracht hätten, als ob du nicht Hof- und Stiegenscheuerfrau gewesen wärest, als ich dich vögelte, eine Maisverleserin, in jener Nacht, als meine gute, züchtige Gemahlin starb, wohlversehen mit der letzten Ölung und dem päpstlichen Segen . . . Und als Francisquillo das allerverborgenste Weinfaß im Keller gemolken und ihr gegeben hatte, was zur Besänftigung ihrer Zunge und Erwärmung ihres Herzens nötig war, entblößte die nächtliche Besucherin ihren Busen und schlug mit der unverhohlensten Schamlosigkeit die Beine über Kreuz, während die Hand des Herrn sich zwischen den Spitzen der Unterröcke verirrte auf der Suche nach der Wärme jener *segrete cose,* die Dante besungen hat. Um sich auf das Ambiente abzustimmen, langte der Famulus sich seine Gitarre aus Paracho und sang zuerst von den Liebesspielen König Davids, dann ging er zu Tagliedern über, worin von schönen Spröden, von Klagen der Verlassenen die Rede war, von der Frau, die ich liebte, ach liebte, und sie ging und kehrte niemals zurück, und nun vergeh ich, vergehe, vergehe, vor Liebe und Schmerz – bis der Herr des altmodischen Getöns müde war und sich etwas Moderneres ausbat, etwas von dem, was in der Schule gelehrt wurde, deren Unterricht ihn eine schöne

Stange Silber kostete. Und nun erscholl in der Weitläufigkeit des roten Tezontle[3]-Hauses, unter den mit rosigen Engelchen geschmückten Gewölben, zwischen den mit silbernen Fingerschalen und Wasserkrügen, silbernen Waschbecken, silbernen Sporen, silbernen Knopfgarnituren, silbernen Reliquienschreinen angefüllten Kisten – jenen, die dableiben, und jenen, die mitgehen sollten – erscholl mit einem seltsamen Tieflandakzent die Stimme des Dieners in einem zu solchem Tag besonders passenden italienischen Liedchen, das sein Lehrmeister tags zuvor ihm beigebracht hatte:

Ah, dolente partita,
Ah, dolente partita!

Aber da ertönte der Türklopfer am Hauptportal. Die Singstimme verklang, während der Herr, die Hand als Schalldämpfer benützend, die Gitarre zum Schweigen brachte. »Sieh nach, aber laß niemand herein, in diesen drei Tagen sind schon genug Leute gekommen, um sich zu verabschieden . . .« Von fern knarrte die Tür in den Angeln, jemand bat um Entschuldigung im Namen anderer, die ihn begleiteten, man konnte ein leises »Dankesehr« erraten, dann war ein vernehmliches »Wecken Sie ihn nicht!« zu hören, schließlich im Chor ein zahlreiches »Gutenacht!«, und schon kehrte der Diener zurück mit einem langen, eingerollten Papier von holländischem Ries, worauf in schön gerundeter, angenehm zu lesender

Schrift für den Reisenden die Aufträge und Bitten in letzter Stunde von seinen Freunden und Tafelgenossen zusammengetragen waren, Wünsche, die dem anderen immer erst einfallen, wenn man schon den Fuß im Steigbügel hat . . .: Bergamott-Essenzen, eine Mandoline mit Perlmuttintarsien nach Cremoneser Art für die Tochter und ein Fäßchen Maraschiner aus Zara erbat sich der Inspektor der Maße und Gewichte. Zwei Laternen nach Bologneser Mode für die Stirnriemen von Zugpferden wünschte sich Iñigo, der Meister Silberschmied, sicherlich mit dem Hintergedanken, sie als Modell für eine neue Fabrikation zu verwenden, die den Hiesigen gefallen könnte. Ein Exemplar der *Bibliotheca Orientalis* des Chaldäers und Bibliothekars der Vaticana, Assemani, erbat sich der Pfarrer, dazu ein paar »römische Münzlein« – Nun gut, wenn sie nicht zu teuer sind! – für seine Münzsammlung und, wenn möglich, einen Spazierstock aus polnischem Bernstein mit vergoldetem Knauf (er mußte nicht unbedingt aus Gold sein), einen von denen, die in langen, schmalen, mit karmesinrotem Samt ausgeschlagenen Etuis kamen. Der Notar war auf etwas ganz Rares verfallen: er wollte ein Spiel Karten in einem hier unbekannten Stil, sogenannte *minchiate,* die der Maler Michelangelo erfunden hat, um den Kindern das Rechnen beizubringen, sagen sie, und die statt der klassischen Zeichen: Goldstab, Münze, Kelch und Schwert, Figuren aufwiesen wie: Sterne, Sonne und Mond, einen Papst, den Teufel, den Tod, einen Gehängten, einen Verrückten – er war die Nullkarte – und die Posaunen des Jüngsten Gerichts, die zu einem gewinnreichen Triumph verhelfen konnten. (»Wie beim Wahrsagen und Besprechen«, meinte das Weibchen, das dem Vorlesen der Liste zuhörte, und streifte sich die Armbänder ab und rollte die Strümpfe herunter.) Aber am närrischsten von allen war die Bitte des Richters im Ruhestand: er wollte für sein Kuriositätenkabinett nichts Geringeres als eine Mustersammlung italienischer Marmorarten, und wenn möglich sollten ja nicht darin fehlen, so betonte er, der Cipollin-Marmor, der tiefblaue Marmor, der mosaikartige von Breccia, der gelbe sieneser, der gesprenkelte pentelische, nicht zu vergessen den im Altertum häufig verwendeten roten numidischen, und vielleicht auch noch ein kleines Stückchen *lumachella* mit Muschelabdrücken in der Marmorierung und, falls dies seine große Liebenswürdigkeit nicht mißbrauchen hieße, ein flaches Stück Serpentin, grünen, grünlichen, bunten, wie man ihn in manchen Renaissance-Pantheons fand . . . »Das trägt ja nicht einmal einer von diesen ägyptischen Stauern, die Aristophanes ihrer Stärke wegen gerühmt hat«, rief der Herr aus. »Ich laufe doch nicht mit einem Weltenkoffer auf den Schultern herum. Sollen die sich alle zum Teufel scheren, ich denke nicht daran, meine Reisezeit damit zu verplempern, daß ich nach seltenen Folianten, nach Himmelssteinen oder Fierabras-Balsamen suche. Der einzige, dem ich seinen Gefallen tun will, ist dein Musiklehrer, Francisquillo, denn der bittet nur um bescheidene Dinge, die leicht zu befördern sind: Sonaten, Konzerte, Sinfonien, Oratorien – wenig Umfang und viel Wohllaut . . . Und jetzt, Junge, geh wieder an deine Gesänge« . . .

Ah, dolente partita,
Ah, dolente partita! . . .

Dann folgte ein kaum noch erinnertes *A un giro sol di bell'occhi lucenti* . . . Aber als der Diener das Madrigal beendet hatte und den Blick vom Griff der Gitarre hob, sah er, daß er allein war: der Herr und seine nächtliche Besucherin waren schon in das Gemach mit den Heiligen in silbernen Rahmen abgegangen, um dort in dem Bett mit den Silberintarsien die Jubelfeier des Abschieds zu begehen beim Schein gewaltiger Kerzen in hohen Kandelabern aus Silber.

II

Der Herr ging zwischen seinen in einem Schuppen gestapelten Kisten umher, setzte sich bald auf diese, verrückte jene, blieb vor einer dritten stehen und kaute in abgerissenen Monologen an seinem Unmut, wobei bald Zorn bald Niedergeschlagenheit die Oberhand gewann. Zwar hatten schon die Alten gesagt, Reichtum sei keine Gewähr für Glück, und der Besitz von Gold – sprich: Silber – biete wenig Rückhalt gegen die Unbilden, die das Schicksal auf den Dornenpfad jedes menschlichen Lebens zu legen beliebe. Seit der Abfahrt von Veracruz waren alle widrigen Winde, die je die Pausbacken perverser und den Seefahrern feindlich gesinnter Genien blähten, über das Schiff hergefallen. Und als sie mit zerrissenen Segeln, Havarien im Schiffsrumpf und übel zugerichtetem Verdeck endlich glücklich gelandet waren, fanden sie La Habana in Trauer wegen einer schrecklichen Epidemie bösartigen Fiebers. »Gänzlich verwirrt im Gemüt«, wie Lukrez gesagt hätte, »lief jeder bald hierhin, bald dorthin und barg, wie es nur ging, voll Kummer den Toten im Grabe.« (*De rerum na-*

turae, VI. Buch, setzte der Reisende nach Gelehrtenart hinzu, als er die Verse aus dem Gedächtnis zitierte.) Und teils, weil das schadhafte Schiff wiederhergestellt werden und die gleich zu Beginn von den Stauern schlecht geschichtete Ladung neu verteilt werden mußte, vor allem aber, weil es ratsam gewesen war, abseits der von der Plage heimgesuchten Bevölkerung vor Anker zu gehen, saß man jetzt in diesem mangrovenumwilderten Dorf Villa de Regla, dessen armselige Wirklichkeit das Prestige der zurückgelassenen Stadt in der Erinnerung wachsen ließ, als erhöbe sie sich im Glanz ihrer Kuppeln, mit den Prachtbauten ihrer Kirchen, der Weitläufigkeit ihrer Paläste – und die Blumengewinde ihrer Fassaden, die Weinranken ihrer Altäre, die Juwelen ihrer Kirchenschätze, ihre vielfarbigen Lichter – wie ein sagenhaftes Jerusalem auf dem Gemälde eines Hauptaltars. Hier dagegen waren die Gassen eng und die Häuser niedrig, statt hinter schmiedeeisernen Gittern öffneten sich die Fenster hinter schlecht gestrichenen weißen Latten unter Dächern, die in Coyoacán allerhöchstens dazu gedient hätten, Hühner- oder Schweineställe zu decken. Alles stand wie erstarrt in dieser Backofenhitze, es roch nach Schlamm und Schweinemorast, nach der Ausdünstung erregter Eber, nach Stallmist, und in der täglichen Schwüle verklärte Heimweh die Durchsichtigkeit der mexikanischen Morgen mit ihren Vulkanen, die dem getäuschten Blick so nah erschienen, daß jeder, der das strahlende, wie vom tiefen Blau riesiger Kirchenfenster sich abhebende Weiß ihrer Gipfel betrachtete, vermeinte, sie in einer halben Stunde Weges erreichen zu können. Und hier waren sie nun hängengeblieben mit Kisten und Kasten, Überseekoffern und Körben, die Reisenden des kranken Schiffs, und hofften, daß diesem die wundgescheuerten Stellen kuriert würden, während gegenüber in der Stadt, die über dem Wasser des Hafens aufragte, eine unheimliche Stille ausging von den Gasthöfen, die wegen der Epidemie geschlossen waren. Geschlossen waren auch die Ballhäuser, wo die *guaracha* und andere schnell gefüßelte Tänze getanzt wurden und wo die Mulattinnen waren, ihr unter Lochstickerei und gestärkten Spitzen dargebotenes Fleisch. Geschlossen waren die Häuser in den Straßen de los Mercaderes, de la Obrapía, de los Oficios, wo es häufig – freilich keine sehr bemerkenswerte Neuheit – mechanische Katzenkonzerte gab, wo Konzerte auf harmonischen Gläsern aufgeführt wurden, *forlana* tanzende Truthähne zu sehen waren oder die berühmten Zwillinge von Malta, und abgerichtete Sinsontes Melodien *dernier cri* pfiffen und mit dem Schnabel Kärtchen reichten, auf denen jedem das Schicksal geschrieben stand. Und als ob der Herr die geschwätzige, sich zur Schau stellende, sorglose Stadt von Zeit zu Zeit züchtigen wollte um ihrer vielen Sünden willen, wurde sie, wenn sie es am wenigsten erwartete, plötzlich von dem Anhauch der Fieber befallen, die, so meinten die Besserwisser, von der Fäulnis in den Sümpfen der nahe gelegenen Küste kamen. Wieder einmal hatte die

Stunde des unausbleiblichen *dies irae* geschlagen, und die Menschen nahmen es hin wie das gewohnte, unvermeidliche Vorrücken des großen Wagens des Todes. Das Schlimme war, daß Francisquillo, nachdem er drei Tage lang gezittert hatte, schließlich in einem Blutsturz seinen Geist aufgab. Mit einem Gesicht, gelber als Schwefel aus der Apotheke, legten sie ihn zwischen Bretter und trugen ihn auf einen Friedhof, wo die Särge durcheinanderlagen, einer über dem andern, überkreuz und verquer wie Holz in einer Schiffswerft, denn auf dem Boden war nicht mehr genügend Platz für die vielen, die sie von allen Seiten herbeischafften . . . Und so geschah es, daß der Herr ohne Knecht war, als ob ein Herr ohne Knecht ein richtiger Herr wäre, und daß in Ermangelung eines Dieners und einer mexikanischen Gitarre nun auch der Traum von seinem großen Einzug ausgeträumt war, zunichte der aufsehenerregende Auftritt auf dem Schauplatz, wo er als reicher, steinreicher Mann einzutreffen gedacht hatte, ein Enkel derer, die fortgegangen waren – eine Hand vorn, eine Hand hinten, wie man so sagt –, um in amerikanischen Landen ihr Glück zu machen.
Da geschah es, daß in dem Wirtshaus, aus dem jeden Morgen die Maultiere den Weg nach Jaruco antreten, ein freier Neger ihm auffiel, geschickt in den Künsten des Striegelns und Scherens, der in der Freizeit, wenn seine Tiere versorgt sind, eine schäbige Gitarre zupft oder, wenn ihm danach zumute ist, freche Liedchen von Fratres Eselhengsten und schlüpfrigen Guabina-Fischen

singt, und dabei begleitet er sich auf einer Trommel oder markiert den Takt mit ein paar Ruderdollen, die den gleichen Klang haben wie Hammer auf Metall in den Werkstätten der mexikanischen Silberschmiede. Jeden Nachmittag setzt der Reisende sich hin und hört ihm zu und lindert so seine Ungeduld, die Reise fortzusetzen. Und denkt, daß es heutzutage, wo es bei reichen Herren Mode ist, Negerpagen zu haben – angeblich sieht man solche Mohren schon in den Hauptstädten Frankreichs, Italiens, Böhmens und sogar im fernen Dänemark, wo bekanntlich die Königinnen ihre Gemahle mit Gift umbringen, das wie die Musik einer höllischen Macht durch die Ohren in sie eindringen muß –, daß es, sage ich, gar nicht übel wäre, wenn er den Stallburschen mitnähme, natürlich nicht, ohne ihm einige Manieren beizubringen, die er anscheinend nicht kennt. Er erkundigt sich beim Wirt, ob der Junge ein ehrlicher Kerl ist, rechtgläubig und rechtschaffen, und ihm wird geantwortet, daß es in der ganzen Stadt keinen besseren gebe und daß er außerdem lesen und einfache Briefe schreiben, daß er sogar, sagen sie, Musik lesen könne. Er knüpft also ein Gespräch mit Filomeno an – so nämlich heißt der Stallbursche – und erfährt, er sei der Urenkel eines Negers Salvador, der vor hundert Jahren die Hauptrolle bei einer so aufsehenerregenden Heldentat gespielt habe, daß ein Dichter dieses Landes, Silvestre de Balboa mit Namen, sie in einer langen, kunstvoll gereimten Ode mit dem Titel ›*Spiegel der Geduld*‹ besungen habe . . .

Wie der Junge erzählt, ging eines Tages in den Gewässern von Manzanillo, an einer Stelle, wo ein endloser Vorhang von Küstenbäumen verbirgt, was vom Meer Schlimmes kam, eine Brigg vor Anker, unter dem Oberbefehl von Gilbert Girón, einem jener französischen Ketzer, die weder an die Jungfrau noch an die Heiligen glauben, und Hauptmann einer Rotte von Lutheranern, Abenteurern aller Art, die, wie so viele andere stets auf Überfälle, Schmuggel und Raub bedachte Übeltäter, bald in dieser, bald in jener Gegend der Karibik und Floridas ihr Unwesen trieben. Der ruchlose Girón wußte, daß sich der gute Fray Juan de las Cabezas Altamirano, auf Besuchsreise durch seine Diözese, in der Hazienda von Yara, ein paar Meilen landeinwärts aufhielt. Er war der Bischof jener Insel, die früher einmal Fernandina hieß – »denn als der große Admiral Cristóbal sie zum erstenmal teilte, herrschte in Spanien ein König Ferdinand, der ebensoviel ritt wie die Königin, sagten die Leute früherer Zeiten, vielleicht deshalb, weil es die Pflicht des Königs ist, die Königin zu reiten, und zuletzt weiß in diesem Alkovendurcheinander niemand mehr, wer wen reitet, denn was das betrifft, ob der Mann reitet oder geritten wird, so ist das eine Sache, die« . . . »Bleib mit deiner Geschichte auf der geraden Spur, Junge«, unterbrach hier der Reisende, »und begib dich nicht auf Wegkrümmungen und Seitenpfade; denn um eine Wahrheit an den Tag zu bringen, braucht es Beweise und aber Beweise.« – »Das will ich tun«, sagte der Junge. Und hebt nun die Arme und gestikuliert wie ein Marionettenspieler mit den Händen, woran die Daumen und kleinen Finger sich wie Ärmchen bewegen, und setzt seine Erzählung der Begebenheiten mit eben so viel Leben fort wie ein Wanderkomödiant, der die Gestalten hinter seinem Rücken hervorholt und auf der Bühne seiner Schultern auftreten läßt. (›So erzählen manche Schausteller auf den Märkten von Mexiko‹, dachte der Reisende, ›die große Geschichte von Montezuma und Hernán Cortés‹). Da bringt der Hugenotte also heraus, daß der heilige Oberhirte der Fernandina in Yara übernachtet, und, gefolgt von seinen Schergen, begibt er sich auf die Suche in der Absicht, ihn gefangenzunehmen und ein hohes Lösegeld für seine Person zu verlangen. Am frühen Morgen kommt er im Dorf an – die Einwohner liegen noch alle im Schlaf –, bringt den trefflichen Prälaten in seine Gewalt und fordert gegen seine Freiheit ein für die armen Leute ungeheures Lösegeld: zweihundert Dukaten in Geld, hundert Arroben Fleisch und Speck und tausend Rinderhäute, ganz zu schweigen von geringeren Dingen, wie die Laster und die Bestialität solcher Schurken sie verlangen. Die bedrängten Nachbarn tragen zusammen, was in der unmäßigen Forderung festgesetzt war, und der Bischof wird seiner Pfarrei zurückerstattet, wo er mit großem Jubel und Freudenbezeugungen empfangen wird – »von denen, die ihn empfingen, wird gleich noch ausführlicher zu reden sein«, bemerkt der Junge, ehe er mit tieferer Stimme und ernst gerunzelten Brauen den weitaus dramatischeren zweiten Teil seines Berichtes beginnt . . . Wütend über den Vorfall, den er durch andere erfährt, beschließt ein kühner Gregorio Ramos, ein Hauptmann »mit dem Wagemut eines Ritters Roland«, daß es dem Franzosen nicht nach seinem Kopfe gehen noch daß er der so leicht ergaunerten Beute froh werden solle. Schnell versammelt er eine Schar beherzter Männer, denen die Hosen nicht leicht herunterfielen, und marschiert an ihrer Spitze nach Manzanillo, fest entschlossen, dem Seeräuber Girón die Schlacht zu liefern. In der Gruppe gingen Männer mit kühnem Schwert, mit Lanzen, Zündstöcken und Feldschlangen, aber die meisten trugen, weil sie nicht vom Waffenhandwerk waren, das Erstebeste, was sie als geeignet befunden hatten, sich damit in den Kampf zu stürzen: dieser hatte ein geschlif-

fenes Wurfeisen, und dazu nur noch eine modrige Picke aufgetrieben; jener hielt einen spitzen Ochsenstachel oder eine geflochtene Ledergeißel und hatte anstelle eines Schildes das steife Fell einer Seekuh mitgebracht. Auch mehrere Naborí-Indianer waren bereit, getreu ihren einheimischen Sitten und Listen zu kämpfen. Vor allem aber marschierte in der von heroischem Drange bewegten Schwadron – *Einer, Dieser, Jener!* (und hier zog der Erzähler den Strohhut mit den aufwärts gebogenen Fransen), den der Dichter Silvestre de Balboa in einer eigenen Strophe besingen sollte:

»Behende ging in den Reihen der unsern
ein Äthiopier, rühmenswert,
Salvador geheißen, ein tapferer Neger,
denen von Yara bestellt er das Feld,
Golomóns Sohn, des klugen Alten:
Der nun, gerüstet mit Lanze und Messer,
da er Girón erblickte, der mutig einherschritt,
stürzte sich auf ihn wie ein wütender Löwe.«

Der Kampf war hart und dauerte lange. Nackt ging jener Neger aus ihm hervor, so oft hatten ihn die wilden Messerhiebe des Lutheraners gestreift, der seinerseits in einem normannischen Panzerhemd wohlgeschützt war. Aber nachdem er ihn mit Finten außer Atem gebracht, abgemattet und dann mit allen den Kniffen, die beim Absondern des wilden Viehs angewendet werden, gehetzt hatte, holte der mutige Salvador aus

»... und zückte auf ihn
und durchbohrt mit der Lanze die Brust ihm.
...
O heimischer Retter, o ehrenwerter Neger!
dein Ruhm erhebe sich ohne Ende,
denn nie, solchen Kämpen zu loben,
schweige die Zunge, ruhe die Feder.«

Abgeschnitten ward nun das Haupt des Seeräubers und auf die Spitze einer Lanze gesteckt, damit alle, die des Weges kämen, erführen, was für ein böses Ende es mit jenem genommen; danach herabgestochen mit einem Eisendolch, der ihm bis ans Heft in den Schlund dringt – und mit dieser Trophäe gelangen die ungestümen Sieger nach Bayamo. Mit lautem Geschrei verlangen die Bewohner, dem Neger Salvador solle als Preis für seine Tapferkeit die Freiheit geschenkt werden, er habe sie wohlverdient. Die Obrigkeit erweist ihm die Gnade. Und kaum ist der Bischof zurückgekehrt, breitet sich Feststimmung in der Bevölkerung aus. Und so groß ist die Freude der Alten, der Jubel der Frauen und das ausgelassene Lärmen der Kinder, daß sich das Laub der Guajavebäume und das Schilf mit Zuschauern füllen, die zu ihrem Kummer nicht zu der Lustbarkeit geladen waren, ein ganzes Publikum (sagt Filomeno und illustriert die Aufzählung, indem er Kleidungsstücke, Hörner, Attribute mit Gesten beschreibt) von Satyrn, Faunen, Sylvanen, Kentauren, Najaden und sogar Hamadryaden »in Unterröcken«. (Das mit den aus kubanischen Guajavebäumen lugenden Satyrn und Kentauren schien dem Reisenden denn doch mehr der überhitzten Einbildungskraft jenes Dichters Balboa zuzuschreiben zu sein, auch wenn er aus dem Staunen darüber nicht herauskam, daß ein kleines Negerlein aus Regla so viele aus heidnischer Frühzeit überlieferte Namen auszusprechen vermochte. Aber der Stallbursche, im Hochgefühl seiner Abstammung und stolz darauf, daß seinem Urgroßvater so außergewöhnliche Ehren zuteil geworden waren, zweifelte nicht daran, daß übernatürliche Wesen sich auf dieser Insel hätten blicken lassen, Ausgeburten klassischer Mythologien, den vielen von dunklerer Haut ganz ähnlich, die hierzulande noch heute die Wälder, Quellen und Höhlen bewohnen – wie sie solche auch früher schon bewohnt hatten in den nur vom Hörensagen bekannten Reichen der fernen Heimat der Vorväter des illustren Salvador, der auf seine Weise selber ein Achill war, denn wo es kein gegenwärtiges Troja gibt, ist einer nach Maßgabe der Dinge Achill in Bayamo oder Achill in Coyoacán, je nachdem, wie denkwürdig die Ereignisse sind.) Aber jetzt versucht Filomeno mit Fetzen nachgeäffter Wörter und Onomatopöen, Diskant- und Baßtrillern, Händeklatschen und Trampeln, mit Schlägen auf Kisten, Tonkrüge, Futterbehälter und Krippen, mit dem schnellen Klappern von Stäbchen auf den Stützpfosten im Patio, mit Schreien und klappernden Absätzen den Aufruhr der Musik bei jenem denkwürdigen Fest wiederaufleben zu lassen, die vielleicht zwei Tage und zwei Nächte lang ertönte und deren Instrumente der Dichter Balboa in philharmonischem Überblick aufzählt: Flöten, Schalmeien und Geigen hundert (Füllwort des Dichters, der um einen Reim verlegen ist, denkt der Reisende, denn nie ist jemals etwas von Sinfonien mit hundert Geigen verlautet, nicht einmal am Hofe des Königs Philipp, von dem es heißt, er sei ein so großer Musikliebhaber gewesen, daß er niemals auf Reisen ging, ohne eine Holzpfeifenorgel mitzuführen, die der blinde Antonio de Cabezón während der Ruhepausen spielte), Hörner, Schellentrommeln, große und kleine, Tamburine und sogar ein paar *tinaguas,* wie sie die Indianer aus Kürbissen herstellen – denn in jenem Universalkonzert spielten Musiker aus Kastilien und von den Kanarischen Inseln neben Kreolen und Mestizen, Naborí-Indianern und Negern. »Weiße und Farbige wären bei dieser Jubelmusik gemischt gewesen?« fragt sich der Reisende. »Unmögliche Harmonie! Nie hätte man ein solches musikalisches Tollhaus gesehen, denn die alten, edlen Melodien der Romanze, die subtilen Mutationen und Differenzen der guten Meister vermählen sich nicht dem barbarischen Charivari, das die Neger aufführen, wenn sie mit Schellenrasseln, Kürbisrasseln und Trommeln hantieren! . . . Eine infernalische Katzenmusik hätte das gegeben, und ein Mordsschwindler scheint mir dieser Balboa zu sein!« Aber ebenso denkt er – und jetzt entschiedener als vorher –, daß der Urenkel von Golomón das beste aller möglichen Subjekte sei, die Livree des verblichenen Francisquillo zu erben, und als der Reisende Filomeno vorgeschlagen hat, in seine Dienste zu treten, probiert er ihm eines Morgens einen roten Dienstrock an, der ihm prächtig steht. Dann setzt er ihm eine weiße Perücke auf, die ihn schwärzer erscheinen läßt, als er ist. Mit den Kniehosen und hellen Strümpfen kommt er ganz gut zurecht, nur den Schnallenschuhen leisten seine starken Ballen erheblichen Widerstand, aber sie werden sich schon daran gewöhnen . . . Und nachdem alles besprochen ist, was zu besprechen war, auch mit dem Gastwirt alles geregelt, geht der Herr an jenem frühen Septembermorgen, einen breitkrempigen weißen Filzhut auf dem Kopfe, nach dem Anlegeplatz von Regla, gefolgt von dem Neger, der einen Sonnenschirm aus blauem Stoff mit Silberfransen über ihn hält. Das Frühstücksservice mit großen Tassen und kleinen Tassen, alle aus Silber, der Nachttopf und das Uringlas, die Klistierspritze – ebenfalls aus Silber –, das Schreibgerät und das Rasiermesseretui, das Reliquienkästchen der Jungfrau sowie der Schrein des heiligen Christophoros, des Schutzheiligen der Wanderer und Seefahrer, schaukeln in ihren Kisten – in einer Kiste dahinter auch die Trommel und die Gitarre Filomenos – auf den Schultern von Sklaven, denen der Diener, die Brauen unter dem spärlichen Sonnenschutz eines gelackten Dreispitzes gerunzelt, mit schallenden Schimpfwörtern im einheimischen Dialekt Beine macht.

III

Als Enkel spanischer Großeltern, die aus einem Ort zwischen Colmenar de Oreja und Villamanrique del Tajo stammten und die deshalb Wunderdinge von den zurückgelassenen Orten erzählten, hatte der Herr sich unter Madrid etwas anderes vorgestellt. Ihm, der unter dem Silber und dem roten Tezontle von Mexiko aufgewachsen war, erschien diese Stadt traurig, unscheinbar und armselig. Die Plaza Mayor ausgenommen, wirkte alles hier eng, schmierig und mickrig, wenn man an die breiten, schmucken Straßen von dort dachte, an die Portale mit Porzellanfliesen, die auf Cherubsflügeln schwebenden Balkone, zwischen Füllhörnern, die Früchte aus dem Stein quellen ließen, an die wein- und efeuumrankten Lettern, die auf zierlich gemalten Ladenschildern die Verdienste der Juwelierläden verkündeten. Die hiesigen Gasthöfe, wo der Geruch ranzigen Öls sich in die Zimmer zog, waren schlecht, und in vielen Wirtshäusern konnte man sich nicht nach Wunsch erholen wegen des Lärms, den die Komödianten im Hof vollführten, wenn sie die Verse eines Preisliedes deklamierten oder wenn sie abwechselnd als zeternde römische Imperatoren in Tuniken aus Bettüchern und Vorhängen oder als Narren und Biskayer verkleidet, in Zwischenspielen agierten, deren Begleitmusik zwar den Neger ergötzte, weil sie etwas Neues war, den Herrn aber wegen mangelnder Harmonie verdroß. Von einer Küche konnte keine Rede sein: angesichts der allgegenwärtigen Fischklöße, der Monotonie der Seehechte gedachte der Mexikaner sehnsüchtig der Erlesenheit des *guachinango*-Fisches, des Pomps des *guajalote* unter dem Festkleid dunkler Soßen mit Schokolade-Aroma und der Wärme von tausenderlei Gewürzen; vor dem tagtäglichen Kohl, den faden weißen Bohnen, den Kichererbsen, dem Rotkraut sang der Neger ein Loblied auf die zarten, fleischigen *aguacates,* auf die Bulben der Malanga-Früchte, die mit Essig, Petersilie und Knoblauch angerichtet, in seinem Land auf den Tisch kamen, eskortiert von Krebsen, deren Scheren mit dem rötlichen Fleisch nahrhafter waren als hierzulande Schweinelenden. Tagsüber gingen sie in die Tavernen, wo es guten Wein gab, und vor allem in Buchhandlungen, wo der Herr alte, schön gebundene Folianten kaufte, theologische Traktate, wie sie jeder Bibliothek zur Zierde gereichten – ohne daß beide bisher an irgend etwas Spaß gefunden hätten. Eines Nachts gingen sie zu den Huren, in ein Haus, wo sie von einer fetten, stumpfnasigen, schielenden, hasenschartigen und pokkennarbigen Madame empfangen wurden, deren Hals in Kröpfen stak und deren ausladender, anderthalb Span-

nen über dem Boden wackelnder Hintern sich wie der einer Riesenzwergin ausnahm. Das Blindenorchester setzte ein und spielte, als wollte es Eidechsen fangen, ein Menuett, und nun erschienen, bei Namen gerufen, die Phyllis, die Chloris und die Luzinde und nach einer Weile die Isidra und die Catalana, die gerade noch eilig einen Vesperhappen hinunterschlangen, Brot, Öl und Zwiebeln, und sich einen Schlauch Valdepeñas-Wein reichten, um den letzten Bissen hinunterzuspülen. In jener Nacht wurde hart getrunken. Der Herr erzählte von seinen Streifzügen als Bergmann in der Gegend von Taxco, und Filomeno tanzte die Tänze seines Landes nach dem Rhythmus eines Liedes, das er sang: im Kehrreim hieß es von einer Schlange, sie habe Augen wie Kerzenflammen und Zähne wie Nadeln. Zur größeren Lustbarkeit der Fremden wurde das Haus geschlossen, und es mochte schon gegen Mittag sein, als beide in ihren Gasthof zurückkehrten, nachdem sie mit den Huren fröhlich getafelt hatten. Aber wenn auch Filomeno sich die Lippen leckte in Erinnerung an seinen ersten Festschmaus mit weißem Fleisch – der Herr, gefolgt von einem Schwarm von Bettlern, sobald er nur auf der Gasse erschien, wo sein weißer Filzhut mit den Silberborten längst bekannt war, erging sich in Klagen über die Erbärmlichkeit dieser vielgerühmten Stadt – es war wirklich herzlich wenig im Vergleich zu dem, was sie am andern Ufer des Ozeans zurückgelassen hatten –, wo ein Herr von seinem Verdienst und seinem stattlichen Äußeren sich bei Huren erleichtern mußte, weil er keine Dame von Stand finden konnte, die ihm die Vorhänge ihres Alkovens öffnete. Die hiesigen Jahrmärkte hatten weder die Farbigkeit noch die Lebhaftigkeit derer von Coyoacán; die Läden waren arm an Waren und Kunstgewerbe und die in einigen feilgebotenen Möbel waren, unbeschadet der guten Hölzer und des gepunzten Leders, feierlich und traurig, um nicht zu sagen altmodisch. Die Ringelstechen waren schlecht, weil es den Reitern an Mut mangelte: weder führten sie ihre Pferde beim Paradieren vor Eröffnung des Kampfes im gleichen Paßgang, noch verstanden sie es, in gestrecktem Galopp bis an die Bretterzäune der Tribüne zu stürmen und den Renner auf allen vier Eisen in eben dem Augenblick zu zügeln, wo das Unglück eines Zusammenstoßes unausweichlich schien. Und auch die geistlichen Stücke auf den Straßenbühnen waren ganz offensichtlich heruntergekommen, so tonlos waren die Pilatusse und Heiligen mit ihren mauszerfressenen Heiligenscheinen. Die Tage vergingen, und mit all dem vielen Geld, das er bei sich trug, fing der Herr an, sich schrecklich zu langweilen. Eines Tages war er es so überdrüssig, daß er beschloß, seinen Aufenthalt in Madrid abzukürzen, um schnellstens nach Italien zu kommen, wo die an Weihnachten beginnenden Karnevalsfeste Menschen aus ganz Europa anziehen. Filomeno, noch ganz behext vom Mutwillen der Phyllis und der Luzinde, die im Haus der Riesenzwergin in einem breiten, spiegelumstandenen Bett ihren und seinen Einfällen freien Lauf ließen, nahm den Gedanken an Abreise mit Mißvergnügen auf. Aber der Herr versicherte ihm so oft, daß die Weiber hier nur Ausschußware und Hungerkost seien im Vergleich zu dem, was er im Umkreis der Papststadt antreffen werde, daß der Neger sich schließlich überzeugen ließ, die Kisten verschloß und sich in den eben erstandenen Kutschermantel wickelte. Während sie sich in kurzen Tagereisen dem Meer näherten und dazwischen in weißen – von Mal zu Mal strahlender weißen – Gasthöfen in Tarancón oder in Minglanilla übernachteten, versuchte der Herr seinen Diener mit dem Märchen von einem verrückten Ritter zu unterhalten, der durch diese Gegend gezogen war und der einmal ein paar Windmühlen (»wie diese da, siehst du?«) für Riesen gehalten hatte. Filomeno beteuerte, daß diese Windmühlen überhaupt nicht wie Riesen aussähen, aber echte Riesen, die gäbe es noch, in Afrika nämlich, und sie wären so groß und mächtig, daß sie aus bloßer Laune Blitzen und Erdbeben spielten . . . Als sie nach Cuenca kamen, bemerkte der Herr, daß diese Stadt wenig sei im Vergleich zu Guanajuato, wo die Hauptstraße sich ebenfalls den Bergrücken hochzieht und mit einer Kirche abschließt. Valencia gefiel ihnen, denn hier fanden sie den um Uhren gänzlich unbekümmerten Lebensrhythmus wieder und fühlten sich glücklich an das »tu nicht morgen, was du übermorgen tun kannst« ihres Landes mit dem Atolli und den Knoblauchsoßen erinnert. Und so kamen sie denn – über Straßen, von wo aus stets das Meer zu sehen war – nach Barcelona, und dort ergötzten sich ihre Ohren an dem Klang von Pauken und Schalmeien, an Schellengeläut, an den Rufen »Platz gemacht! Platz gemacht!« von Läufern, die aus der Stadt gerennet kamen. Im Hafen sahen sie, wie sich am Strand die Schiffe aus den abgezogenen Segeltuchplanen entpuppten, über und über mit Wimpeln und Fähnchen besteckt, die im Wind flatterten und das Wasser fegten und küßten. Es schien, als ob das heitere Meer, die fröhliche Erde, die klare Luft plötzlich allen Menschen Lust einflößten und in ihnen erzeugten. »Sie sehen wie Ameisen aus«, sagte der Herr, auf die Mole blickend vom Verdeck des Schiffes aus, das morgen nach Italien fahren sollte. »Wenn du sie läßt, werden sie Häuser bauen, so hoch, daß sie die Wolken kratzen.« Filomeno, der neben ihm stand, betete leise zu einer schwarzgesichtigen Jungfrau Maria, der Schutzheiligen der Fischer und Seereisenden, um eine glückliche Überfahrt und daß sie wohlbehalten im Hafen von Rom einlaufen möchten, denn Rom als eine wichtige Stadt mußte an der Küste des Ozeans liegen, stellte er sich vor, hinter einem festen Gürtel aus Riffen zum Schutz gegen den Zyklon, der ungefähr alle zehn Jahre die Glocken von Sankt Peter herabriß, genauso wie es in La Habana den Kirchen San Francisco und Espíritu Santo geschah.

IV

In Wassergrau und Nebelhimmeln, trotz der Milde jenes Winters, unter den Grautönen der Wolken, die sich unten, mit Sepia schattiert, abmalten auf den breiten, weich gerundeten, vom schaumlosen Wiegen träg gewordenen Wellen, die sich öffneten oder ineinanderflossen, wenn ein Ufer sie dem andern zurückgab; in dem Sfumato, wo die Umrisse von Kirchen und Palästen wie auf stark lavierten Aquarellen verschwammen, in der Feuchtigkeit, die sich in Algengrün auf Treppen und Anlegeplätzen, in den Widerspiegelungen auf dem regennassen Pflaster der Plätze, in Dunstflecken entlang der von kleinen, stillen Wellen beleckten Hauswände kundtat; zwischen sich auflösenden Konturen, gedämpften Geräuschen, ockerfarbenem Licht und der modrigen Trübsal unter den die geruhsamen Kanäle überwölbenden Brücken; am Fuß von Zypressen, die wie bloße Umrißskizzen von Bäumen wirkten; zwischen Grautönen, Opalisierendem, Dämmerfarben, erloschenem Rotbraun, pastellfarbenem Dunst – war der Karneval ausgebrochen, der große Karneval von Epiphanias, in

Orangegelb und Mandarinengelb, in Kanariengelb und Froschgrün, in Granatrot, Rotkehlchenrot, Rot chinesischer Lackkästchen, Kostümen in Schachbrettmuster, indigoblau und schwefelgelb, Hutschleifen und Haarschleifen, karamell- und rosenholzfarben gestreift, Zweispitzen und Federbüschen, Seidenschimmern auf einem Gewirr von Atlas und Schärpen, Türkischem und Flitterwerk, mit einem solchen Getöse von Zimbeln und Ratschen, Tamburinen und Hörnern, daß alle Tauben der Stadt in einem einzigen, sekundenlang den Himmel verdunkelnden Aufflug an ferne Ufer entflohen. Auf einmal erglänzten, ihre Sinfonie der von Fahnen und Standarten gesellend, Laternen und Lampions an Kriegsschiffen, Fregatten, Galeeren, Handelsbarkassen und Fischkuttern – aller Besatzungen waren maskiert –, indes wie eine schwimmende Pergola, allenthalben geflickt mit ungleichen Bohlen und Beschlägen, zerkratzt und zerschunden, aber noch immer prächtig und stolz, der letzte Buzentaur der Serenissmia Republica erschien, der an solchem Festtage aus seinem Verschlag geholt worden war, um Funkenregen, Raketen und bengalische Lichter eines mit Feuerrädern und Meteoren krönend beschlossenen Feuerwerks zu versprühen . . . Und jedermann wechselte nun das Gesicht. Larven aus Bleiweiß, alle gleich, versteinerten zwischen Lackhüten und hohen Mantelkrägen die Gesichter der Männer von Stande, Masken aus dunklem Samt verbargen die nur noch in den Lippen und Zähnen lebendigen Züge zartfüßiger Verhüllter. Was das Volk betraf, die Seeleute, Gemüsehändler, Krapfenbäcker und Fischverkäufer, die Männer, die sonst mit Säbel oder Tintenfaß, mit Ruder oder Elle hantierten, so war die Verwandlung allgemein: die glatte wie die runzlige Haut, die verzerrte Miene des Betrogenen, die Ungeduld des Betrügers oder die Geilheit des Lüstlings lagen gleichermaßen verborgen unter den bunten, Mongolen oder den Tod oder König Hirsch darstellenden Papplarven, unter Masken mit Säufernasen oder Berberschnurrbärten, Ziegenbärten oder Bockshörnern. Mit verstellter Stimme entluden die feinen Damen alle Obszönitäten und schmutzigen Wörter, die ihnen monatelang die Seele abgedrückt hatten, und die Schwulen, in mythologisierende Gewänder oder spanische Röcke gekleidet, flöteten ihre Anträge, die nicht immer ins Leere fielen. Zwischen dem Marionettenretabel, der Bühne der Possenreißer, dem Katheder der Astrologen, der Musterkollektion feilgebotener Liebeskräuter, Elixiere zur Linderung von Seitenstechen oder zur Wiederaufmunterung der Greise – sprach, schrie, sang, posaunte, beschimpfte, bot an, komplimentierte und schmeichelte jeder mit einer Stimme, die nicht die seine war. Vierzig Tage lang würden nun die Geschäfte bis Mitternacht offen bleiben, gar nicht zu reden von den vielen, die weder bei Tage noch bei Nacht ihre Türen schlossen, vierzig Tage lang würden die Äffchen auf den Drehorgeln tanzen, die dressierten Kakadus sich in ihren Filigranschaukeln wiegen, die Seiltänzer den Platz auf einem Drahtseil überqueren, die Wahrsager, die Kartenschlägerinnen, die Bettler ihr Gewerbe treiben und – die Huren: die einzigen Frauen mit unbedeckten, in solchen Tagen schätzenswert vollständigen Gesichtern, wollte doch bei die-

sem allgemeinen Vorspiegeln von Persönlichkeit, Alter, Gemütsverfassung und Figur jeder gern wissen, wenn es zu einer Absprache kam, was er sich da in den nahen Gasthof mitnahm. Während der Illuminationen hatten sich in den großen und kleinen Kanälen der Stadt die Wasser entzündet, die nun die zitternden Lichter untergegangener Laternen in ihren Tiefen zu bewegen schienen.

Um auszuruhen von dem Getöse, den Püffen, dem Rütteln und Schütteln der Menge, den schwindelerregenden Farben, trat der Herr, als Montezuma gekleidet, in die *Botteghe di Caffè* der Victoria Arduino, gefolgt von dem Neger, der es nicht mehr für nötig hielt, sich zu maskieren, seit er bemerkt hatte, wie maskiert sein natürliches Gesicht sich ausnahm unter den vielen weißen Larven, die ihren Trägern das Halbgesicht einer Statue verliehen. Hier saß bereits an einem Tisch im Hintergrund der Frater Rothaar in einer Kutte aus bestem Stoff und streckte seine lange Hakennase unter den Locken einer natürlichen Frisur hervor, die nichtsdestoweniger wie eine vom Himmel gefallene Perücke aussah. »Wo ich mit dieser Maske schon geboren bin, sehe ich nicht ein, warum ich mir eine andere kaufen sollte«, sagte er lachend. »Inka?« fragte er dann, während er den Korallenschmuck des Aztekenherrschers befühlte. »Mexikaner«, antwortete der Herr und erzählte, weit ausholend, eine lange Geschichte, die sich für den schon ziemlich weinseligen Frater anhörte wie die Geschichte eines Königs der Riesenkäfer –

der leuchtende, grüngeschuppte Brustpanzer des Erzählers hatte in der Tat etwas von einem Skarabäus –, der genau genommen vor nicht allzu langer Zeit zwischen Vulkanen und Tempeln und Pyramiden gelebt hatte als Herrscher über ein Reich, das ihm von einer Handvoll verwegener Spanier entrissen wurde mit Hilfe einer Indianerin, die sich in den Anführer der Eindringlinge verliebt hatte. »Guter Stoff, guter Stoff für eine Oper« . . . sagte der Frater und dachte bereits an die Bühnen mit ihren technischen Anlagen, Falltüren, Schwebevorrichtungen und *màcchine,* wo rauchende Berge, der Auftritt von Ungeheuern, Erdbeben und einstürzende Gebäude die glücklichste Wirkung erzielen würden, konnte man doch hier, was Bühnenmaschinerien betraf, auf die Kunstfertigkeit von Meistern ihres Faches zählen, die jedes Wunder der Natur nachzuahmen verstanden, die selbst einen lebendigen Elefanten fliegen lassen konnten, wie erst kürzlich in einer großen Magie-Vorstellung zu sehen gewesen war. Und der andere fuhr fort, von Zaubereien der *Teules*[4], von Menschenopfern und Chorgesängen in Traurigen Nächten zu erzählen, als der witzige Deutsche, ein Freund des Fraters, auf den Plan trat, gekleidet, wie er auch sonst immer gekleidet war, und gefolgt von einem jungen Neapolitaner, Schüler Gasparinis, unter dessen des Schwitzens wegen abgezogener Larve schlaue, feine Gesichtszüge zu Tage traten, die sich im Lachen aufheiterten, sooft er das dunkle Gesicht Filomenos betrachtete. »Holla, Jugur-

ta« . . . Aber der Deutsche kam in übelster Laune, rot angelaufen vor Ärger – und natürlich auch des ungeschonten Rotweins wegen –, hatte doch so ein Schmierfink von einem schellenbehangenen Narren ihm auf die Strümpfe gepißt und sich so schnell aus dem Staube gemacht, daß die ihm zugedachte Maulschelle, auf den Hintern eines Schwulen deplaziert, das Opfer veranlaßte, auch die andere Backe hinzuhalten, weil es gedacht hatte, die Liebkosung sei ernst gemeint. »Beruhige dich«, sagte der Frater Rothaar: »Ich habe schon gehört, daß die *Agrippina* heute nacht mehr Erfolg denn je gehabt hat.« – »Ein Triumph!« sagte der Neapolitaner, während er ein Glas Schnaps in seinen Kaffee goß. »Das Theater Grimaldi war voll.« Ein guter Erfolg mochte es, gemessen am Beifall und an den Zurufen am Ende, gewesen sein, aber der Deutsche konnte sich nicht an dieses Publikum gewöhnen. »Es nimmt doch niemand hier irgend etwas ernst.« Während der Sopranarie und der Arie der Kastraten war ein ständiges Kommen und Gehen der

Zuschauer gewesen, die Orangen aßen und Schnupftabak schnupften, Erfrischungen schlürften und Flaschen entkorkten, wenn sie nicht überhaupt an der dramatischsten Stelle der Tragödie Karten spielten. Und das nur, um nicht von denen zu reden, die es in den Logen – viel zuviel schmiegsame Kissen in diesen Logen – trieben, so daß gerade heute nacht unter dem pathetischen Rezitativ des Nero ein Frauenbein, bar des bis zum Knöchel aufgerollten Strumpfes, auf dem granatroten Samt der Brüstung erschienen war und einen Schuh abwarf, der mitten ins Parkett fiel, zum großen Entzücken der Zuschauer, die sofort alles vergaßen, was auf der Bühne geschah. Und ohne sich um das schallende Gelächter des Neapolitaners zu kümmern, erging sich Georg Friedrich im Lobe der Leute seines Landes, die Musik hörten, als ob sie der Messe beiwohnten, die mit Ergriffenheit den herrlichen Aufbau einer Arie würdigten oder die meisterliche Entwicklung einer Fuge sachverständig zu schätzen wußten ... Einige Zeit verging höchst angenehm unter Scherzen und Kommentaren, bösen Reden über diesen oder jenen und Geschichten, etwa wie eine Kurtisane, die Freundin der Malerin Rosalba (»die habe ich gestern nacht gehabt«, sagte Montezuma), einen reichen französischen Ratsherrn ohne die geringste Gegenleistung ausgenommen hatte, und unterdessen waren mehrere bauchige Flaschen in bunten Strohkörben über den Tisch defiliert, mit einem leichten Rotwein von der Sorte, die keine violetten Krusten auf den Lippen zurückläßt, dafür aber mit herzerquicklicher Leichtigkeit durch die Gurgel rinnt und abwärts klettert. »Den gleichen Wein trinkt auch der König von Dänemark, der sich im großen Rummel des Karnevals verlustiert, natürlich incognito, unter dem Namen eines Grafen Oldenburg«, sagte der Rothaarige. »In Dänemark kann es keine Könige geben«, sagte Montezuma, dem der Wein ernstlich in die Krone gestiegen war, »es kann in Dänemark gar keine Könige geben, denn dort ist alles faul, und die Könige sterben da an irgendeinem Gift, das ihnen ins Ohr geträufelt wird, und die Prinzen werden verrückt vor lauter Gespenstern, die in den Schlössern spuken, und zum Schluß spielen sie mit Totenköpfen wie die mexikanischen Jungen am Allerseelentag.« . . . Und da die Unterhaltung nun in leerem Geschwätz dahintrieb und sie es müde waren, sich wegen des Lärms auf dem Platz durch Schreie zu verständigen, und ganz wirr im Kopf waren von den vielen weißen, grünen, schwarzen, gelben Masken, die draußen vorüberzogen, erwogen der bewegliche Frater und der rotgesichtige Deutsche und der lachende Neapolitaner die Möglichkeit, sich gegen das Fest abzuschirmen an irgendeinem Ort, wo sie Musik machen könnten. Und hintereinander, vorn als Wellenbrecher und Galionsfigur der kräftige Deutsche, gefolgt von Montezuma, machten sie sich daran, die ausgelassene Menge zu durchpflügen, und legten nur ab und zu eine Wegpause ein, um eine Flasche Karthäuserlikör die Runde gehen zu lassen, die Filomeno an einem Atlasband an seinem Halse trug: das hatte er im Vorbeigehen einer Fischerin abgerissen, die ihn in ihrer Wut mit einer solchen Fülle an Unflätigkeiten beschimpft hatte, daß Epitheta wie *coglione* und Hurensohn zu den harmlosesten des Repertoires gehörten.

V

Mißtrauisch erschien das Gesicht der Schwester Pförtnerin am Gitter, aber es verklärte sich vor Wonne, als sie das Angesicht des Rothaarigen erblickte. »O Meister, diese göttliche Überraschung!« und es knarrten die Angeln der Pforte und die fünf traten in das Ospedale della Pietà ein, das ganz im Dunkeln lag und wo in den breiten Korridoren nur bisweilen, wie von einer wankelmütigen Brise hereingeweht, der ferne Lärm des Karnevals widertönte. »Diese göttliche Überraschung!« wiederholte die Nonne, als sie die Lichter entzündete in dem großen Musiksaal, der mit seinem Marmor, seinen Gesimsen und Girlanden, mit seinen vielen Stühlen, Vorhängen und Vergoldungen, seinen Teppichen, seinen Gemälden nach biblischen Stoffen so etwas wie ein Theater ohne Bühne oder eine Kirche mit wenig Altären war, ein Ambiente, klösterlich und weltlich, prunkhaft und abgeschieden zugleich. Im Hintergrund, wo eine Kuppelwölbung sich im Schatten verlor, zog sich der Widerschein von Kerzen und Lampen an den hohen Orgelpfeifen und den sie flankierenden kleineren *vox celestis*-Pfeifen in die Länge. Und Montezuma und Filomeno fragten sich gerade, wozu sie an solch einen Ort gekommen waren, warum sie nicht lieber das Lustgetümmel aufgesucht hatten, wo es Weiber gab – als zwei, fünf, zehn, zwanzig helle Gestalten aus dem Schatten zur Rechten und aus dem Halbschatten zur Linken sich lösten und heraustraten und mit dem anmutigen Weiß ihrer Hemden aus holländischem Battist, ihren Überwürfen, Schlafhauben und Nachtmützen aus Spitzen die Kutte des Fraters Antonio umringten. Und andere kamen und wieder andere, noch schlaftrunken und ein wenig steif traten sie heraus, aber zwitschernd und vergnügt gingen sie gleich darauf um die nächtlichen Besucher herum, die Halskette Montezumas lupfend und den Neger vor allem beäugend, den sie in die Wangen kniffen, um zu sehen, ob sie echt waren oder nicht vielmehr eine Maske. Und andere kamen herein, immer noch andere, und mit ihnen die Düfte in ihren Haaren, die Blumen an ihren Ausschnitten, die gestickten Pantöffelchen, bis sich das Schiff mit jungen Gesichtern füllte – endlich Gesichtern ohne Larven –, lachenden, vor Überraschung leuchtenden Gesichtern, die vollends zu strahlen anfingen, als nun aus den Vorratskammern Rotweinpunsch und Honigwasser, spanischer Rotwein, Himbeerwasser und Mirabellengeist gebracht wurden. Der Meister – so nannten ihn alle – stellte vor: *Pierina del violino . . . Caterina del cornetto . . . Bettina della viola . . . Bianca Maria organista . . . Margherita dell'arpa*

doppia . . . Giuseppina del chitarrone . . . Claudia del flautino . . . Lucietta della tromba . . . Aber weil sie siebzig an der Zahl waren und Meister Antonio, des vielen Becherns wegen, die Waisen verwechselte, verkürzten sich ihre Namen bald auf den des Instruments, das sie spielten. Als hätten die Mädchen keine andere Persönlichkeit und erlangten Leben erst durch den Klang, wies er sie mit dem Finger: *Clavicembalo . . . Viola da brazzo . . . Clarino . . . Oboe . . . Basso di gamba . . . Flauto . . . Organo di legno . . . Regale . . . Violino alla francese . . . Tromba marina . . . Trombone . . .* Die Notenpulte wurden aufgestellt, der Deutsche installierte sich meistermäßig vor der Tastatur der Orgel, der Neapolitaner prüfte den Klang eines Cembalo, der Meister stieg auf das Podium, griff sich eine Geige, hob den Bogen, und mit zwei energischen Bewegungen entfesselte er das gewaltigste *concerto grosso,* das die Welt je hätte hören können – obgleich die Welt sich an nichts erinnert, und das ist schade, denn dieses concerto grosso war ebenso hörenswert wie sehenswürdig . . . Sobald das frenetische *allegro* entfacht war – die siebzig Frauen spielten ihre Stimmen auswendig, so oft hatten sie geprobt –, stürzte sich Antonio Vivaldi mit unwahrscheinlicher Wucht in die Sinfonie-konzertante Manier, während Domenico Scarlatti – denn er war es – schwindelerregende Tonleitern über das Cembalo jagte, indes Georg Friedrich Händel sich in blendenden Variationen erging, die alle Normen des Generalbasses mit Füßen traten. »Los, gib's ihm, Sachsenpimmel!« schrie Antonio. »Wirst gleich sehen, Frater Hurenbock!« brüllte der andere aus seinem phantastischen Erfindungssturm zurück, indes Antonio, ohne die Hände Domenicos aus den Augen zu lassen, die sich in Arpeggios und Trillern über die Tasten verstreuten, in hoch abgehobenen, wie mit Zigeunerbrio aus der Luft herabgeholten Bogenstrichen fidelte, die Saiten anriß und Oktaven und Doppelgriffe aus der Geige kitzelte

mit all der infernalischen Virtuosität, die seine Schüler an ihm kannten. Und es schien, als wäre die wilde Jagd nun auf dem Höhepunkt angelangt, als Georg Friedrich mit einemmal die großen Orgelregister, die Grundstimmen, die Wechsel, das *plenum* zog, und in den Kornett- und Trompete- und Bombardon-Registern ein solches Brausen anhob, daß es war, als erschallten die Posaunen des Jüngsten Gerichts. »Der Deutsche macht uns alle kaputt!« schrie Antonio und steigerte verzweifelt das Fortissimo. »Mich hört man überhaupt nicht mehr«, schrie Domenico unter immer lauteren Akkorden. Unterdessen war aber Filomeno in die Küche gegangen und hatte von dort eine Batterie von Kupferkesseln aller Größen mitgebracht, auf die er nun mit Löffeln, Schaumkellen, Schneebesen, Nudelhölzern, Schürhaken, Federbesen einschlug mit derartigen Einfällen an Rhythmen, Synkopen, Kontrasttönen, daß sie ihn zweiunddreißig Takte lang allein ließen, damit er improvisieren könne. »Fabelhaft! Fabelhaft!« schrie Georg Friedrich. »Fabelhaft! Fabelhaft!« schrie Domenico und hieb begeistert mit den Ellenbogen auf das Cembalo. 28. Takt, 29. Takt, 30. Takt, 31. Takt, 32. Takt – »Jetzt!« brüllte Antonio Vivaldi, setzte mit unwahrscheinlichem Schwung beim *da capo* ein und holte das letzte heraus aus den Geigen, Oboen, Posaunen, Regalen, Portativen, Gamben und was sonst noch alles in dem Schiff erschallen mochte, an dessen Decke, wie von einem himmlischen Skandalon erschüttert, die Kristalleuchter erbebten.

Schlußakkord. Antonio legte den Bogen weg. Domenico warf den Deckel über die Tasten. Der Deutsche zog ein Spitzentüchlein – ein sehr feines für seine breite Stirn – aus der Tasche und trocknete sich den Schweiß ab. Die Waisenmädchen des Ospedale brachen in ein gewaltiges Gelächter aus, während Montezuma Gläser mit einem Getränk herumreichte, das er unter großem Aufwand an umgeleerten Krügen und Flaschen nach dem Prinzip: von jedem ein wenig erfunden hatte . . . In dieser Tonika befand man sich, als Filomeno auf ein Bild aufmerksam wurde, das von einem verstellten Kandelaber plötzlich beleuchtet wurde. Die Versuchung Evas durch die Schlange war darauf zu sehen. Aber beherrschend war auf dem Bild nicht die eher magere, gelbliche Eva – und viel zu eingewickelt in ganz unnötig bemühtes Haar, gab es doch noch kein Schamgefühl in Zeiten, wo man von der Verderbtheit des Fleisches noch nichts wußte –, sondern die Schlange, eine dickleibige, grüngestreifte, dreimal um den Baum gewundene Schlange, die mit ihren übergroßen, von Bosheit getränkten Augen den Apfel mehr dem Beschauer des Bildes darzubieten schien als dem Opfer, das noch unentschlossen war – begreiflicherweise, wenn man bedenkt, wie teuer uns die Einwilligung zu stehen kam –, ob es die Frucht annehmen und also künftig unter Schmerzen des Leibes gebären sollte. Filomeno näherte sich dem Bild langsam wie aus Furcht, die Schlange könnte aus dem Rahmen springen, und während er auf ein rauhtönendes Tablett schlug und die

Anwesenden fixierte, als ob er eine seltsame rituelle Zeremonie feiern würde, fing er an zu singen:

»Mamita, mamita,
komm, komm, komm.
Sonst frißt mich die Schlange,
komm, komm, komm.

Sieh an ihre Augen,
sie brennen wie Kerzen.
Sieh an ihre Zähne,
sie sind spitz wie Nadeln.

Erlogen, meine Schwarze,
komm, komm, komm.
Ist nur ein Spiel von daheim,
komm, komm, komm.«

Und dann stellte er sich, als wollte er die Schlange aus dem Bild mit einem riesigen Tranchiermesser töten, und schrie:

»Die Schlange ist tot,
Ca-la-ba-són,
Son-són.
Ca-la-ba-són,
Son-són.«

»Kábala-sum-sum-sum«, fiel Antonio Vivaldi ein und gab aus Priestergewohnheit dem Kehrreim unversehens den Tonfall psalmodierten Lateins. »Kábala-sum-sum-sum«, fiel Domenico Scarlatti ein. »Kábala-sum-sum-sum«, fiel Georg Friedrich Händel ein. »Kábala-sum-sum-sum«, wiederholten die siebzig Frauenstimmen des Ospedale unter Lachen und Händeklatschen. Und hinter dem Neger her, der das Tablett jetzt mit einem Stößel schlug, bildeten alle eine lange Reihe, faßten sich um die Taille und schwenkten die Hüften in einem Rundtanz so außer Rand und Band, wie man es sich nur vorstellen kann, dessen Führung nun, eine große Laterne an einem Besenstiel nach dem Takt des Hunderte von Malen wiederholten Singsangs schwingend, Montezuma übernahm. So tanzten sie, hüpfend und schlängelnd, mehrere Male um den Saal herum, zogen in die Kapelle, tanzten dreimal durch den Chorgang, dann weiter durch die Korridore, treppauf, treppab, tanzten so lange durch die Galerien, bis auch die Aufsicht führenden Nonnen, die

Schwester Pförtnerin, die Küchenmädchen, die Scheuerfrauen, aus den Betten geholt, sich ihnen anschlossen, gefolgt vom Verwalter der Werkstätten, dem Obstgärtner, dem Gemüsegärtner, dem Glöckner, dem Bootsmann und sogar der Blöden aus der Bodenkammer, die gar nicht mehr blöd war, wenn es ums Singen ging – in diesem Haus, das der Musik und der Kunst des Glockenläutens gewidmet und wo erst vor zwei Tagen ein großes geistliches Konzert zu Ehren des Königs von Dänemark gegeben worden war . . . Ca-la-ba-són-són-són, sang Filomeno, immer schärfer rhythmisierend. Kábalasum-sum-sum, respondierten die übrigen, bis sie schließlich erschöpft von all dem Umherziehen, Hinauf, Hinunter, Hinein und Hinaus auf den Orchesterplatz zurückkehrten und sich alle rund um Gläser und Flaschen auf den roten Teppich fallen ließen. Und nach einer Wedel- und Fächerpause ging man zu gebundenem Tanz mit Figuren über, nach modischer Musik, die Domenico alsbald dem Cembalo entlockte, nicht ohne die bekannten Weisen mit Mordenten und Trillern höchst wirkungsvoll auszuschmücken. Da es an Herren fehlte, denn Antonio tanzte nicht und die übrigen ruhten sich in ihren Sesseln aus, bildeten sich Paare aus Oboe und Posaune, Horn und Regal, Kornett und Viola, Pikkoloflöte und Chitarrone, während die violini piccoli alla francese in Quadrille mit den Posaunen konzertierten. »Alle Instrumente durcheinander«, sagte Georg Friedrich. »Das ist eine Art phantastischer Sinfonie.« Aber nun markierte

Filomeno neben der Tastatur des Cembalo, ein Glas Wein in Reichweite auf dem Resonanzkasten, den Tanzrhythmus, indem er mit einem Schlüssel ein Küchenreibeisen schrappte. »Teufelsneger«, rief der Neapolitaner aus. »Wenn ich den Takt angeben will, zwingt er mir den seinen auf. Zum Schluß werde ich noch Kannibalenmusik spielen.« Und das Spiel abbrechend, goß sich Domenico ein letztes Glas hinter die Binde, faßte Margherita dell'arpa doppia um die Taille und verlor sich mit ihr im Labyrinth der Zellen des Ospedale della Pietà . . . Aber allmählich zeichnete sich die Morgendämmerung in den hohen Fenstern ab. Die weißen Gestalten kamen zur Ruhe, räumten ihre Instrumente in Etuis und Schränke, mit lustlosen Bewegungen und wie betrübt, nun zu ihren täglichen Beschäftigungen zurückkehren zu müssen. Die fröhliche Nacht starb mit dem Abschied des Glöckners, der sich, plötzlich ernüchtert von dem genossenen Wein, anschickte, die Frühmette zu läuten. Die weißen Gestalten verschwanden gleich Theaterseelen durch die rechte Tür, durch die linke Tür. Die Schwester Pförtnerin erschien mit zwei Körben voll Blätterteiggebäck, Käse, Brezeln und Hörnchen, Quittenkonfitüre, glacierter Kastanien und Marzipanschweinchen, zwischen denen mehrere Flaschen Romagnolerwein die Hälse herausstreckten. »Damit Sie unterwegs frühstükken können.« – »Ich werde sie in meinem Kahn fahren«, sagte der Bootsmann. »Ich habe Schlaf«, sagte Montezuma. »Ich habe Hunger«, sagte der Deutsche, »aber ich möchte essen, wo es still ist, wo Bäume sind und Vögel, aber nicht die gefräßigen Tauben von der Piazza, die vollbusiger sind als die Modelle der Rosalba und die, wenn wir nicht aufpassen, uns das Frühstück wegfressen.« – »Ich habe Schlaf«, wiederholte der Verkleidete. »Lassen Sie sich vom Takt der Ruder einlullen«, sagte der Priester Antonio. »Was versteckst du denn da in deinem Mantelschlitz?« fragte der Deutsche Filomeno. »Nichts, ein kleines Andenken an die Caterina del Cornetto«, antwortete der Neger und befühlte das Ding, das seine Gestalt nicht preisgab, so weihevoll wie einer, der eine Heiligenhand in einem Reliquienschrein berührt.

VI

Von der Stadt, die unter den grauenden Wolken einer langsamen Morgendämmerung noch in Schatten versunken lag, drang, von der Brise herüber- oder hinübergeweht, ferner Lärm von Hörnern und Ratschen zu ihnen. Das laute Treiben zwischen Tavernen und Buden, deren Lichter nach und nach verlöschten, hielt an, ohne daß die übernächtigen Masken daran dachten, ihre Kostüme aufzufrischen, die in der zunehmenden Helligkeit Anmut und Glanz verloren. Nach einer langen, gemächlichen Fahrt steuerte das Boot auf die Zypressen eines Friedhofs zu. »Hier können Sie in aller Ruhe frühstücken«, sagte der Bootsmann und hielt an einer Uferstelle. Und so wurden Rohr- und Reisigkörbe und Flaschen an Land gebracht. Die Grabsteine waren wie die ungedeckten Tische in einem geräumigen verlassenen Café. Und der Romagnolerwein zusamt den Weinen, die sie schon getrunken hatten, belebte abermals festlich ihre Stimmen. Der Mexikaner, der seine Schläfrigkeit überwunden hatte, wurde aufgefordert, noch einmal die Geschichte von Montezuma zu erzählen, die Antonio am Abend zuvor, halb ertaubt durch das Geschrei der Masken, nicht gut gehört hatte. »Herrlich für eine Oper!« rief der Rothaarige und hörte dem Erzähler immer aufmerksamer zu, der im Schwung seiner Rede den Ton dramatisch hob, gestikulierte, in improvisierten Dialogen die Stimme änderte, bis er sich schließlich der Gestalten ganz bemächtigt hatte. »Herrlich für eine Oper! Nichts fehlt. Es gibt Arbeit für die Maschinisten. Eine Glanzrolle für den Sopran: diese Indianerin, die sich in den Christen verliebt – man könnte sie einer dieser schönen Sängerinnen anvertrauen, die . . .« – »Wir wissen schon, daß es dir an denen nicht mangelt« . . . sagte Georg Friedrich. »Und da ist die Gestalt dieses besiegten Kaisers«, fuhr Antonio fort: »dieses unglücklichen Souveräns, der mit herzzerreißenden Tönen sein Elend besingt . . . Ich denke an die ›Perser‹, ich denke an ›Xerxes‹:

So bin ich denn, o Schmerz!
o Jammer! geboren,
um meinem Volk und Land
den Untergang zu bringen . . .«

»Den Xerxes überlaß nur mir«, sagte Georg Friedrich verstimmt, »für den stehe ich selber ein.« – »Du hast recht«, sagte der Rothaarige und wies auf Montezuma: »Der da gibt eine Gestalt, die viel neuer ist. Will sehen, wie ich ihn eines baldigen Tages auf der Bühne eines

Theaters singen lasse.« – »Ein Frater auf den Brettern der Opernbühne!« rief der Deutsche aus. »Das fehlte gerade noch, um diese Stadt völlig auf die Hure zu bringen.« – »Aber wenn ich es mache, werde ich mich bestimmt nicht mit Almiras oder Agrippinas ins Bett legen, wie das *andere* tun« . . . sagte Antonio und reckte seine spitze Nase. »Besten Dank, sofern das auf mich geht« . . . »Und überdies langweilen mich nachgerade alle diese abgegriffenen Geschichten. Wieviele Orpheuse, wieviele Apollos, wieviele Iphigenien, Didos und Galatheas! Man muß neue Stoffe suchen, andere Umgebungen, andere Länder, ich weiß nicht . . . Polen, Schottland, Armenien, die Tartarei auf die Bühne bringen. Andere Gestalten: Genoveva, Kunigunde, Griselda, Tamerlan oder Scanderbergh, den Albanier, der den vermaledeiten Türken soviel zu schaffen machte. Jetzt wehen neue Winde. Das Publikum wird sich bald sattgesehen haben an den verliebten Schäfern, treuen Nymphen, sentenzenreichen Ziegenhirten, kupplerischen Gottheiten, an den Lorbeerkränzen und mottenzerfressenen Peplons und Purpurmänteln von der letzten Saison.« – »Warum erfinden Sie nicht eine Oper über meinen Urgroßvater, Salvador Golomón?« schlug Filomeno vor. »Das wäre eine wirklich neue Geschichte. Mit Meerstrand und Palmendekoration.« Der Deutsche und der Venezianer stimmten ein solches Lach- und Jubelkonzert an, daß Montezuma seinen Diener verteidigte. »Ich finde das gar nicht so ausgefallen. Salvador Golomón kämpfte gegen eine Schar Hu-

genotten, gegen Feinde seines Glaubens also, wie Scanderbergh für seinen Glauben. Und wenn ein Einheimischer aus unserem Land Ihnen als Barbar erscheint, so ist ein Slave von dort drüben nicht minder barbarisch« (dabei wies er in die Richtung, wo nach dem Kompaß seines durch den vielen Rotspon der vergangenen Nacht schwankenden Verstandes die Adria liegen mußte). »Aber . . . wer hat je einen Neger als Hauptfigur einer Oper gesehen?« sagte der Deutsche. »Neger taugen für Maskenrollen und Zwischenspiele.« – »Außerdem ist eine Oper ohne Liebe keine Oper«, sagte Antonio, »und Liebe zwischen einem Neger und einer Negerin wäre einfach lächerlich, und Liebe zwischen einem Neger und einer Weißen – das kann nicht sein, wenigstens nicht auf dem Theater.« – »Augenblick! Augenblick!« rief Filomeno, dessen Stimme durch den Romagnolerwein immer lauter anschwoll: »Mir wurde erzählt, daß in England ein Drama großen Erfolg hat, wo ein hochverdienter Mohrengeneral sich in die Tochter eines venezianischen Senators verliebt . . . Ja, ein Nebenbuhler seiner Liebe und Neider seines Glücks sagt ihm sogar, er gleiche einem schwarzen Bock über einem weißen Lamm – was, nebenbei bemerkt, für gewöhnlich vortreffliche gescheckte Zicklein ergibt.« – »Kommt mir bloß nicht mit dem englischen Theater«, sagte Antonio. »Der Botschafter von England« . . . – »Mir sehr befreundet«, warf der Deutsche ein – »der englische Botschafter hat mir ein paar Stücke erzählt, die in London gegeben werden: ein schauerliches Zeug. Weder in den Buden der Jahrmarktschreier noch in einer *camera optica* und nicht einmal in den Moritatenliedern der Blinden war je Ähnliches vorgekommen« . . . Und in der Morgendämmerung, die den Friedhof in fahles Licht tauchte, hob nun ein grusliges Erzählen an: von Blutbädern, von den Gespenstern ermordeter Kinder, von einem, dem auf offener Bühne ein Herzog von Cornwall beide Augen herausreißt und sie auf dem Boden mit den Absätzen bearbeitet wie ein spanischer Fandangotänzer, von der Tochter eines römischen Generals, der sie die Zunge herausreißen und beide Hände abschneiden, nachdem sie sie vergewaltigt haben, und alles endet mit einem Bankett, wo der beleidigte Vater – einarmig, weil ein Liebhaber seiner Frau mit der Hacke über ihn gekommen war –, als Koch verkleidet, einer Gotenkönigin eine Pastete zu essen gibt, mit dem Fleisch ihrer Kinder gefüllt, die kurz zuvor abgestochen worden sind wie Schweinchen vor einer Dorfhochzeit. »Widerlich«, rief der Deutsche aus. »Und das schlimmste ist, daß man das Gesichtsfleisch für die Pastete nahm, Nasen, Ohren und Kehlen, wie man nach den Empfehlungen aller Traktate der Vorschneidekunst mit Stücken feinen Wildprets verfährt« ... – »Und das hat eine Gotenkönigin gegessen?« fragte Filomeno absichtsvoll. »Wie ich diesen Blätterteig esse«, sagte Antonio und biß in das Gebäck, das er sich nach etlichen Vorgängern aus dem Korb der Nönnchen gelangt hatte. ›Und da gibt es Leute, die behaupten, das seien Negersitten‹, dachte der Neger, indes der Venezianer, an einer Scheibe in Essig, Thymian und rotem Pfeffer gebeiztem Wildschweinschinken kauend, ein paar Schritte ging und plötzlich stehenblieb vor einem Grab in der Nähe, das er schon seit einiger Zeit betrachtet hatte, weil darauf ein in dieser Gegend ungewöhnlicher Name prangte. »Igor Strawinsky«, sagte er buchstabierend. »Stimmt«, sagte der Deutsche, seinerseits buchstabierend. »Er wollte in diesem Friedhof ruhen.« – »Ein guter Musiker«, sagte Antonio, »aber

manchmal sehr altmodisch in seinen Vorhaben. Er inspirierte sich an den altgewohnten Themen: Apollo, Orpheus, Persephone – wie lang noch?« – »Ich kenne seinen ›Oedipus Rex‹«, sagte der Deutsche. »Manche behaupten, daß er am Schluß des ersten Aktes – *Gloria, gloria, gloria Oedipus uxor!* – an meine Musik anklingt.« – »Aber . . . wie konnte er auf die seltsame Idee verfallen, eine weltliche Kantate auf einen lateinischen Text zu schreiben?« sagte Antonio. »Auch sein ›Canticum Sacrum‹ haben sie in San Marcos gespielt«, sagte Georg Friedrich. »Darin kommen Melismen in einem mittelalterlichen Stil vor, den wir längst hinter uns gelassen haben.« – »Das kommt daher, daß diese sogenannten avantgardistischen Musiker sich unglaublich anstrengen zu erfahren, was die Musiker der Vergangenheit machten, manchmal versuchen sie sogar, ihre Stile zu erneuern. Darin sind wir weit moderner. Mir ist es scheißegal, wie die Opern, die Konzerte vor hundert Jahren waren. Ich mache meine Musik nach bestem Können und Vermögen und punktum.« – »Ich denke wie du«, sagte der Deutsche, »obwohl man auch nicht vergessen sollte, daß« . . . »Hören Sie doch auf mit dem blöden Zeug«, sagte Filomeno und nahm einen ersten Schluck aus einer frisch entkorkten Flasche. Und die vier streckten wieder die Hände in die Körbe des Ospedale della Pietà, die wie mythologische Füllhörner sich nicht leeren wollten. Als aber die Stunde der Quittenkonfitüre und des Nonnenzwiebacks schlug, verflogen die letzten Morgenwolken, und die Sonne schien prall auf die Grabsteine, die weiß unter dem Dunkelgrün der Zypressen leuchteten. Als sei er durch das viele Licht größer geworden, war der russische Name deutlich zu lesen, der ihnen so nahe war. Und während der Wein Montezuma abermals schläfrig machte, wurde der Deutsche, besser daran gewöhnt, dem Bier standzuhalten als dem aufmüpfigen Roten, zänkisch und lästig. »Strawinsky hat gesagt«, erinnerte er sich plötzlich boshaft, »du hättest sechshundertmal das gleiche *concerto* geschrieben.« – »Mag sein«, sagte Antonio, »aber ich habe nie eine Zirkuspolka für die Elefanten von Barnum komponiert.« – »In deiner Oper über Montezuma werden die Elefanten schon kommen«, sagte Georg Friedrich. »In Mexiko gibt es keine Elefanten«, sagte der Verkleidete, durch den himmelschreienden Unsinn aus seiner Schläfrigkeit gerissen. »Und doch kommen solche Tiere neben Panthern, Pelikanen und Papageien auf den Wandteppichen des Quirinals vor, wo die geschichtlichen Ereignisse Indiens abgebildet sind«, sagte Georg Friedrich so störrisch wie nur einer, der im Rausch auf einer fixen Idee besteht. »Gute Musik haben wir heute nacht gehabt«, sagte Montezuma, um die anderen von törichter Rechthaberei abzulenken. »Bah, eine Marmelade!« sagte Georg Friedrich. »Ich würde eher sagen, es war eine *jam session*«, sagte Filomeno, und der Ausdruck wirkte so ausgefallen, als hätte ein lallender Betrunkener ihn erfunden. Und plötzlich zog er aus dem neben den Fressalien zu einem Paket zusammengerollten

Mantel das mysteriöse Ding hervor, das die Caterina del Cornetto ihm »als Andenken«, wie er sagte, geschenkt hatte: es war eine glänzende Trompete (»und eine von den guten«, bedeutete der Deutsche als ein guter Kenner dieser Instrumente), und die setzte er unverzüglich an die Lippen, und nachdem er das Mundstück ausprobiert hatte, ließ er sie in so gellenden Tönen, Trillern, Glissandi und schrillen Klagelauten erschallen, daß alle übrigen Protest erhoben, denn hierher war man gekommen und aus dem Karnevalsradau geflüchtet, um Ruhe zu haben, und das war ja nicht einmal Musik, und falls es Musik gewesen wäre, dann jedenfalls gänzlich ungeeignet, auf einem Friedhof gespielt zu werden ohne Rücksicht auf die Verstorbenen, die ringsum so still unter der Feierlichkeit der Grabsteine lagen. So ließ denn Filomeno, etwas beschämt über den Verweis, davon ab, mit seinen Einfällen die Vögel der kleinen Insel aufzuschrecken, die, kaum wieder Herr ihres Reviers, zu ihren Madrigalen und Motetten in Rotkehlchen-Dur zurückkehrten. Aber nun gähnten Georg Friedrich und Antonio, da sie gut gegessen und getrunken hatten und vom Diskutieren müde waren, und gähnten so vollendet kontrapunktisch, daß sie manchmal über ihr unfreiwillig gelungenes Duo in Lachen ausbrachen. »Wie *castrati* in der Opera Buffa sehen Sie aus«, sagte der Verkleidete. »*Castrati* deine Mutter«, versetzte der Priester, und die Geste, die er dabei vollführte, war nicht ganz passend für jemand, der – obwohl er niemals die Messe gelesen hatte, weil der

Weihrauch ihm erwiesenermaßen Erstickungsanfälle und Juckreiz verursachte – ein Mann des geistlichen Standes und der Ordensregel war . . . Unterdessen wurden die Schatten der Bäume und der Pantheons immer länger. In dieser Jahreszeit sind die Tage noch kurz. »Es wird Zeit zu gehen«, sagte Montezuma, weil er dachte, daß gleich die Abenddämmerung käme und daß ein Friedhof in der Abenddämmerung immer etwas Melancholisches hat und einen auf wenig erfreuliche Gedanken über jedermanns Schicksal bringt, wie sie bei solcher Gelegenheit auch einem Prinzen von Dänemark gekommen waren, der gleich den mexikanischen Jungen am Allerseelentag gern mit Totenköpfen spielte. Im Rhythmus der Ruder, die das Wasser zu beiden Seiten des Kahns kaum kräuselten, so ruhig war es, fuhren sie gemächlich zum Hauptplatz. Der Deutsche und der Venezianer schliefen unter dem mit Troddeln besetzten Sonnendach mit solcher Zufriedenheit in den Gesichtern die Strapazen der Lustpartie aus, daß es ein Vergnügen war, sie anzusehen. Manchmal formten sich auf ihren Lippen unverständliche Wörter, als wollten sie im Traum sprechen . . . Als sie am Palast Vendramin Calergi vorbeikamen, sahen Montezuma und Filomeno, wie mehrere schwarze Gestalten – Herren im Frack und wie antike Klageweiber verschleierte Frauen – einen Sarg mit kalt funkelnden Bronzebeschlägen zu einer schwarzen Gondel trugen. »Ein deutscher Musiker, der gestern am Schlagfluß gestorben ist«, sagte der Bootsmann und hielt die Ruder an. »Jetzt werden die Überreste in seine Heimat gebracht. Er soll merkwürdige, ungeheure Opern geschrieben haben, in denen Drachen und fliegende Pferde, Zwerge und Titanen auftreten, ja sogar Nixen, die auf dem Grund eines Flusses singen müssen. Sagen Sie selbst! Unter dem Wasser singen! Nicht einmal unser Theater Fenice hat genug Bühnenvorrichtungen und Maschinen, um so etwas darzustellen.« Die in Schleier und Krepp verhüllten schwarzen Gestalten setzten den Sarg in die Trauergondel, die nun unter dem Antrieb gemessen bewegter Stangen dem Bahnhof entgegen glitt, wo mit schon erleuchtetem Zyklopenauge die Turner-Lokomotive unter Dampfwolken schnaubend wartete. »Ich habe Schlaf«, sagte Montezuma, plötzlich von einer gewaltigen Müdigkeit überfallen. »Gleich sind wir da«, sagte der Bootsmann, »und Ihre Herberge hat einen Eingang am Kanal.« – »Genau dort, wo die Schiffe der Müllabfuhr anlegen«, sagte Filomeno, den ein neuer Schluck Roter in Groll über den Verweis auf dem Friedhof versetzte. »Vielen Dank jedenfalls«, sagte der Indianer und schloß die Augen unter so schweren Lidern, daß er kaum bemerkte, wie sie ihn aus dem Kahn zogen und eine Treppe hinaufführten, auskleideten und in Bettdecken wickelten, nicht ohne ihm mehrere Kissen unter den Kopf zu schieben. »Ich habe Schlaf«, murmelte er noch einmal. »Geh auch du schlafen.« – »Nein«, sagte Filomeno, »ich gehe mit meiner Trompete irgendwohin, wo ich Krach machen kann« . . . Draußen dauerte das Fest an. An der Torre dell' Orologio klopften die »mori« mit ihren Bronzehämmern die Stunde.

VII

In Ausübung ihres schon sehr alten Amtes, die Zeit zu messen, schlugen die »mori« der Torre dell' Orologio die Stunde, auch wenn sie heute in Oktobergrau hämmern mußten, eingehüllt in einen nieselnden Nebel, der seit den frühen Morgenstunden die Bronzestimmen dämpfte. Bei dem Weckruf Filomenos erwachte der Herr aus einem Traum, der Jahre gedauert haben könnte, so lang war er gewesen. Er war nicht mehr der Montezuma vom Vorabend, sondern trug jetzt einen plüschenen Schlafrock, Schlafmütze und Bettstrümpfe, und das Kostüm von gestern nacht samt Halsketten, Federn und den Sandalen mit den vergoldeten Riemen, die seiner Person solchen Glanz verliehen hatten, lagen nicht mehr über dem Sessel, wo er sie möglicherweise zurückgelassen – oder hingelegt – hatte. »Sie haben das Kostüm abgeholt, um es dem Signor Massimiliano Miler anzuziehen«, sagte der Neger, während er Kleidungsstücke aus dem Schrank nahm. »Und beeilen Sie sich, denn gleich wird die Generalprobe anfangen, mit Beleuchtung, Maschinen und allem Drum und

Dran.« . . . Ach ja, natürlich! Die in Malvasier getauchten Zwiebäcke frischten sein Gedächtnis auf. Der Diener rasierte ihn rasch, und bald schritt er, eben noch die Knöpfe durch die Spitzenmanschetten steckend, als ein soignierter Herr die Treppe des Gasthauses hinunter. Wieder waren die Hämmer der »mori« zu vernehmen – »meine Brüder«, nannte sie Filomeno –, aber jetzt vermischte sich ihr Klang mit den hastigen Hammerschlägen der Bühnenarbeiter des Sant'Angelo, die hinter dem dunkelroten Samtvorhang soeben die große Dekoration des ersten Aktes aufgebaut hatten. Die Musiker im Orchester stimmten Streich- und Blasinstrumente, als sich der Indianer und der Diener im Halbschatten einer Loge einrichteten. Und plötzlich endeten die Hammerschläge und das Stimmen der Instrumente, eine große Stille trat ein, und auf dem Dirigentenpodium erschien, schwarz gekleidet, die Geige in der Hand, der Priester Antonio, magerer und spitznasiger denn je, aber gewichtiger durch das Düstere einer geistigen Anspannung, die sich, immer wenn er vor Aufgaben großer Kunst stand, in einer majestätischen Sparsamkeit der Gesten äußerte: eine wohlüberlegte Zurückhaltung, an der gemessen seine energischen und akrobatischen Bravourleistungen in den konzertanten Passagen nur desto besser zur Geltung kamen und sein Virtuosentum in vollem Glanz zeigten. Völlig vertieft, ohne sich umzusehen nach den wenigen Personen, die sich hier und dort im Theater niedergelassen hatten, schlug er langsam ein Manuskript auf, hob – wie in

jener Nacht – den Bogen und eröffnete in der Doppelrolle als Dirigent und unvergleichlicher Instrumentalist die Sinfonie, eine bewegtere und stärker rhythmisierte – vielleicht – als andere, in ruhigeren Tempi gehaltene Sinfonien von ihm, und nun ging der Vorhang auf über einem ungeheuren Farbentumult. Der Indianer war plötzlich an das Flimmern von Wimpeln und Fähnchen erinnert, die er eines Tages in Barcelona gesehen hatte – angesichts dieses Feuerwalds von Segelwerk und Flaggen, die, an Schiffsbuge gesteckt, die Bühne auf der rechten Seite aufs heiterste herausputzten, während links purpurne und amarantfarbene Kriegsfahnen und Banderolen die massigen Mauern eines Palastes beinahe zudeckten.
Eine Brücke mit schlanken Arkaden (ganz ähnlich bestimmten venezianischen Brücken) über einem Wasserarm der Lagune von Mexiko trennte den Landeplatz der Spanier von dem Herrscherhaus Montezumas. Unter all diesem Glanz waren jedoch Spuren einer eben geschlagenen Schlacht unverkennbar: Lanzen, Pfeile, Schilde, Militärtrommeln lagen auf dem Boden verstreut. Herein trat der Kaiser von Mexiko. In der Hand ein Schwert und den Blick aufmerksam auf den Bogen Maestro Antonios geheftet, klagte er:

> *»Son vinto, eterni Dei! tutto in un giorno*
> *lo splendor de' miei fasti, e l'alta Gloria*
> *del valor Messican cade svenata . . .«*

Beschwörungen, Riten, Anrufungen des Himmels hatten gegen die Schläge eines feindlichen Schicksals nichts vermocht. Alles ist heute Schmerz, Jammer, einstürzende Größe. *»Un dardo vibrato nel mio sen . . .«* Und herein tritt die Kaiserin, halb wie Semiramis, halb wie eine Tizian-Dame gewandet, eine hübsche, tapfere Frau, und versucht, ihrem geschlagenen Gemahl, den ein *»falso ibero«* in solches Unheil gestürzt hat, neuen Schneid einzuflößen. »Die durfte in dem Drama nicht fehlen«, flüsterte Filomeno seinem Herrn zu. »Das ist Anna Giraud, die Geliebte des Fraters Antonio, sie hat immer die erste Rolle.« – »Lernen Sie, andere zu respektieren«, sagte der Indianer streng zu seinem Diener. Unterdessen tritt mit eingezogenem Kopf unter den aztekischen Fähnchen, die über der Szene hängen, eine Gestalt auf, die Mosén Antonio de Solís, der bedeutendste Chronist Westindiens, in seiner »Geschichte der Eroberung Mexikos« erwähnt: Teutile. »Aber das ist doch offenbar eine Frau!« ruft der Indianer aus, der bemerkt hat, wie ihre Brüste die mäandergeschmückte Tunika aufwölben. »Nicht umsonst nennt man sie die Deutsche«, sagte der Neger, »und Sie wissen ja, daß die deutschen Frauen in puncto Euter« . . . – »Aber das ist doch blühender Unsinn«, sagt der Herr. »Nach Mosén Antonio de Solís war Teutile der *General* der Heere Montezumas.« – »Hier heißt er aber nun einmal Giuseppa Pircher und schläft, meiner Meinung nach, mit seiner Hoheit dem Fürsten von Darmstadt oder Armestadt, wie andere sagen, der aus Überdruß an dem ewigen Schnee in einen Palast dieser Stadt einzog.« – »Aber Teutile ist ein Mann und keine Frau.« – »Da soll sich einer auskennen«, sagt der Neger: »Es gibt hier sehr verdorbene Leute. Oder nicht? Sehen Sie sich das an!« In der Tat stellt sich heraus, daß Teutile Ramiro heiraten will, den jüngeren Bruder des Konquistadors Don Hernán Cortés, dessen Männerrolle uns nun die Signora Angiola Zanucchi singt . . . »Noch eine, die mit dem Fürsten von Darmstadt schläft«, unterstellt der Neger. »Aber . . . schläft denn hier jeder mit jedem?« fragt der Indianer entrüstet. »Hier halten es die Leute im Bett mit jedem Gott . . . aber lassen Sie mich die Musik hören, denn da kommt eine Trompetenpassage, die mich sehr interessiert«, sagt der Neger. Und verstört durch die vertauschten Gestalten, verirrt sich der Indianer allmählich im Labyrinth einer Handlung, die sich in unaufhörlichen Verwicklungen verknäult und wieder aufrollt. Montezuma verlangt, daß die Kaiserin Mitrena – so jedenfalls nennen sie sie – ihre Tochter Teutile opfert (»Aber wenn Teutile doch, *carajo!* ein mexikanischer General ist«), damit die Jungfrau nicht von den scheußlichen Gelüsten eines Feindes befleckt werde. Aber (und hier müssen die Aber ins Unendliche multipliziert werden) die Fürstin zieht es vor, sich in Gegenwart von Cortés zu entleiben. Und schreitet über die Brücke, die jetzt ganz erstaunlich dem Rialto gleicht, und klagt, rein und würdig, vor dem Konquistador:

»La figlia d'un Monarca
in ostagio a Fernando? Il Sangue illustre
di tanti Semidei
così ingrato avilirsi?«

In diesem Augenblick schießt Montezuma einen Pfeil auf Cortés ab, und nun entsteht auf der Bühne ein solches Durcheinander, daß der Indianer den Faden der Geschichte vollends verliert und erst durch den Wechsel des Bühnenbildes aus seiner Ratlosigkeit erlöst wird, und auf einmal befinden wir uns im Innern eines Palastes, dessen Wände mit Sonnensymbolen geschmückt sind und wo der Kaiser von Mexiko nun in spanischer Kleidung auftritt. »Das ist denn doch seltsam!« bemerkt der Indianer, sobald er gewahr wird, daß der Signor Massimiliano Miler das Kostüm abgelegt hat, das er – er, der hier in der Loge sitzt, der reiche, steinreiche Silberhändler – gestern nacht, vorgestern nacht oder vorvorige Nacht oder wann immer trug – womöglich um es den Herren von der römischen Aristokratie gleichzutun, die sich jetzt ebenfalls nach der Mode von Madrid oder Aranjuez kleiden und auf diese Weise ihren würdigen Ernst gegen die Extravaganzen der Serenissima Republica hervorkehren, wie das die reichen Herren von Übersee selbstverständlich seit jeher zu tun pflegen. Aber auf jeden Fall ist dieser auf Spanisch ausstaffierte Montezuma so ausgefallen, so unannehmbar, daß sich die Handlung im Kopf des Zuschauers abermals verwickelt, verschiebt, verwirrt und er angesichts der neuen Tracht des Protagonisten, des besiegten Xerxes der musikalischen Tragödie, den Sänger mit den ungezählten Menschen mit vertauschten Charakteren durcheinanderwirft, die er in dem vergangene Nacht oder vorvergangene Nacht oder wann immer gefeierten Karneval gesehen hat, bis sich der granatrote Vorhang senkt, nachdem zuvor noch irgendein Asprano einen kräftigen Aufruf zur Seelschlacht erlassen hat, ein anderer »mexikanischer General«, den weder Bernal Diaz del Castillo noch Antonio de Solís in ihren berühmten Chroniken erwähnen. Wieder ertönt die von den »mori« geschlagene Stunde, und mit prasselnden Perkussionen fallen die Hämmer der Bühnenarbeiter ein, aber der Meister Vivaldi verläßt den Orchesterraum nicht, wo die Musiker sich nun Orangen schälen und Rotwein aus Fiaschi trinken, sondern setzt sich auf ein Taburett und vertieft sich in die Durchsicht der Noten des folgenden Aktes, worin er dann und wann mit verdrossener Feder eine Korrektur einzeichnet. An der Art, wie er die Blätter umwendet, ohne daß seine Bewegungen auch nur im geringsten die Reglosigkeit seiner mageren Lenden beeinträchtigen, läßt sich eine solche Aufmerksamkeit der Lektüre erkennen, daß niemand ihn zu stören wagt. »Der hat viel vom Licenciado Cabra[5]«, sagte der Indianer in Erinnerung an den berühmten Schulmeister des Romans, der in ganz Amerika kursierte. »Licenciado Cabro, würde ich sagen« . . . bemerkt Filomeno, den die runden Hüften und der rosige Ausschnitt der Anna Giraud nicht unempfindlich gelassen hatten . . . Aber nun eröffnet der Geigenbogen des Virtuosen eine neue Sinfonie – im Tempo diesmal langsam und ausdrucksvoll –, die Bühne tut sich auf, und wir befinden uns in einem geräumigen Audienzsaal, ganz ähnlich wie der auf dem Gemälde, das der Indianer in seinem Haus in Coyoacán besitzt, jene Darstellung einer Episode der Konquista – und in gewisser Weise wirklichkeitsnäher, als was bisher zu sehen gewesen war. Teutile (vielleicht muß man es einfach hinnehmen, daß es eine Frau und kein Mann ist?)

beklagt das Los ihres Vaters, der durch das heimtückische Vorgehen der Spanier nun deren Gefangener ist. Aber Asprano verfügt über Männer, die zu seiner Errettung bereitstehen: *»Es drängen meine Krieger, Kanus und Pirogen zu besteigen; es drängt sie, den Duce* (sic) *zu bestrafen, der sein Wort brach.«* Hernán Cortés und die Kaiserin betreten die Bühne, und die Mexikanerin ergeht sich in einer pathetischen Klage, deren Ton bald an die Königin Atossa des Äschylos, bald (gerade im Anfang, den wir eben hören) an den Defätismus der Malinche erinnert. Mitrena-Malinche erkennt an, daß man hier in den Finsternissen des Götzendienstes gelebt habe, daß die Niederlage der Azteken durch fürchterliche Vorzeichen angekündigt worden sei. Und überdies:

»Per secoli si lunghi
furo i popoli cotanto idioti
ch'anche i propri tesor gl'erano ignoti«,

und mit einemmal habe man begriffen, daß es falsche Götter waren, die man in diesen Ländern anbetete, und daß anstelle von Cozumel endlich unter dem Donner von Kanonen und Lombarden die wahre Religion mit dem Schießpulver, dem Pferd und dem Wort der Evangelien gekommen sei. In den dramatischen Realitäten der Vernunft und der Gewalt habe sich eine Zivilisation höherer Menschen durchgesetzt . . . Aber eben deshalb (und hier ging der Defätismus der Mitrena in einem mutigen

Anschwellen der Stimme unter) war die Montezuma auferlegte Demütigung der Kultur und der Macht solcher Menschen unwürdig: *»Seid aus Europas Himmel ihr in diesen Teil des Okzidents gekommen, seid Helfer, Herr, und nicht Tyrann!«* Montezuma tritt gefesselt auf. Die Auseinandersetzung wird gehässig. Unter dem plötzlichen Aufruhr des Taktstocks geraten die Musiker Maestro Vivaldis in Bewegung; ein Szenenwechsel erfolgt, wie allein die venezianischen Bühnentechniker durch das Wunderwerk ihrer *màcchine* ihn zustande bringen, und nun erscheint wie eine Lichtvision vor den Vulkanen im Hintergrund die große Lagune von Texcoco, von Indianerbooten befahren, und es entbrennt eine gewaltige Seeschlacht mit erbitterter Verkeilung von Spaniern und Mexikanern: Haßrufe, Pfeile ohne Zahl, Geräusche von Schwertern, fallenden Helmen, ein- oder beidhändig geführten Hieben, Männern im Wasser und einer Kavallerie, die, aus dem Bühnenhintergrund hervorstürzend, das Gewühl vollends durcheinanderbringt; Trompetenschall oben, Trompetenschall unten, Gellen von Pikkoloflöten und Hörnern, und jetzt lodert die aztekische Flotte auf mit griechischem Feuer, künstlichen Fumarolen, Funken, Rauch und hochfliegendem Feuerwerk. Geschrei, Verwirrung, Kreischen und Katastrophen. »Bravo! Bravo!« schreit der Indianer. »So war es! So war es!« – »Waren Sie dabei?« fragt Filomeno ironisch. »Ich war nicht dabei, aber so war es, sag ich, und basta« . . . Die Besiegten fliehen, die von der Kavallerie ziehen sich zurück, die Bühne ist voller Leichen und Schwerverwundeter, und Teutile will sich, gleich einer verlassenen Dido, in die letzten Flammen eines noch lodernden Scheiterhaufens stürzen, um in großem Stil zu sterben, als Asprano ihr verkündet, niemand anders als ihr Vater habe ihr das erhabene Los bestimmt, auf dem Altar der alten Götter wie eine neue Iphigenie geopfert zu werden, um den Zorn jener zu stillen, die vom Himmel herab das Los der Sterblichen lenken. »Nun ja, als ein Einfall klassischer Inspiration mag es angehen«, meint der Indianer zweifelnd, während der granatrote Vorhang abermals fällt. Aber gleich ertönen wieder die konzertierenden Hammerschläge und kündigen eine neue Dekoration an, die Musiker kehren ins Orchester zurück, und nach einer kurzen Sinfonie, die, nach den abgerissenen Akkorden zu urteilen, nichts Gutes verheißt, ist im wieder geöffneten Bühnenvordergrund ein Turm aus massigem Mauerwerk zu bewundern, während im Hintergrund als optischer Effekt das Panorama der großen Stadt Tenochtitlán erscheint. Leichen liegen auf dem Boden, deren Gegenwart sich der Indianer nicht recht erklären kann. Und wieder verwickelt sich die Handlung mit einem Montezuma, der nun erneut als Montezuma gekleidet ist (»mein Kostüm, mein eigenes Kostüm« . . .), einer Teutile als Gefangener samt Leuten, die zu ihrer Befreiung entschlossen zu sein scheinen, und einer Mitrena, die das Bauwerk in Brand stecken will. »Noch ein Brand?« fragt Filomeno, weil er gern möchte, daß sich der vorige, der wirklich von unglaublicher Pracht war, wiederholt. Aber nein. Wie durch Hokuspokus verwandelt sich der Turm in einen Tempel, vor dessen Eingang sich die schauerliche Statue eines drohenden, verzwirbelten, schlitzohrigen Gottes erhebt, den Teufeln des erfindungsreichen Malers Bosch ähnlich, dessen von König Philipp II. hochgeschätzte Bilder noch immer in den sinistren Faulkammern des Escorial aufbewahrt werden – eines Gottes, den Priester in weißen Gewändern Uccilibos nennen (»Woher mögen sie das haben?« fragte sich der Indianer). Teutile mit gefesselten Händen wird hereingeführt, und das grause Opfer soll vollzogen werden, als der Signor Massimiliano Miler unter Aufbietung der letzten Energien einer durch die ausschweifende Inspiration Antonio Vivaldis ernstlich ermüdeten Stimme in heroischer, düsterer Anstrengung eine Klage anstimmt, die der des gestürzten Monarchen der ›Perser‹ in nichts nachsteht: *»Sterne, ihr habt gesiegt./Der Welt ein Beispiel bin ich eurer Unbeständigkeit./König war ich und brüstete mich, göttliche Macht zu besitzen./Verhöhnt nun, gefangen, in Fesseln geschlagen, schmachvolles Zeichen fremden Ruhms,/als Beweis nur werde ich dienen künftiger Geschichte.«* Der Indianer wischte sich die Tränen ab, die so erhabene Klage ihm entlockt hatte, als der Vorhang über einer nur eben geschlossenen und wieder geöffneten Bühne uns auf den Hauptplatz von Mexiko versetzt, der unter einem von samt und sonders allen bisher gesehenen Wimpeln,

Fähnchen, Standarten, Feldzeichen und Banderolen zerflatterten Himmel mit römischen Triumphbögen und Säulen mit Gesichtskapitellen geschmückt ist. Die gefangenen Mexikaner treten auf, Eisenketten um den Hals, und beweinen ihre Niederlage; und gerade als es scheint, man müsse nun einem neuen Gemetzel zusehen, geschieht das Unvorhergesehene, das Unglaubliche, das Wunderbare und Absurde, jeder Wahrheit Entgegengesetzte: Hernán Cortés verzeiht seinen Feinden, und um die Freundschaft zwischen Spaniern und Azteken zu besiegeln, wird unter Jubel- und Siegesrufen und jauchzendem Beifall die Hochzeit Teutiles und Ramiros gefeiert, indes der besiegte Kaiser dem König von Spanien ewige Treue schwört und der Chor zu dem von Vivaldi mit aller Kraft dirigierten *pomposo* der Saiten- und Blechinstrumente das Glück des wiedergewonnenen Friedens, den Triumph der wahren Religion und das Glück Hymens singt. Marsch, Hochzeitslied und allgemeiner Tanz, und *da capo* und noch einmal *da capo* und noch einmal *da capo,* bis sich der granatrote Vorhang vor der Wut des Indianers senkt. »Falsch, falsch, alles falsch!« schreit er. Und während er »falsch, falsch, alles falsch!« schreit, rennt er zum rothaarigen Priester, der eben die Partituren zusammengefaltet hat und sich mit einem großen karierten Taschentuch den Schweiß abwischt. »Falsch . . . was?« fragt der Musiker verblüfft. »Alles. Dieser Schluß ist ein Unsinn. Die Geschichte« . . . – »Die Oper ist nicht Sache der Geschichtsschreiber.« –

»Aber . . . nie gab es eine solche Herrscherin von Mexiko, und Montezuma hatte nicht *eine* Tochter, die sich mit einem Spanier verheiratet hätte.« – »Einen Augenblick, einen Augenblick!« sagte Antonio, plötzlich gereizt. »Der Dichter Alvise Giusti, Verfasser dieses ›Dramas für Musik‹, hat die Chronik von Solís durchstudiert, auf die der Oberbibliothekar der Marciana große Stücke hält, weil sie gut dokumentiert und zuverlässig sein soll. Und dort ist von der Kaiserin die Rede, jawohl mein Herr, einer würdigen, tatkräftigen, wackeren Frau.« – »Das habe ich nirgends gesehen.« – »Kapitel XXV des fünften Teils. Und im vierten Teil wird auch berichtet, daß *zwei oder drei Töchter* Montezumas sich mit Spaniern verheirateten, so daß eine mehr oder eine weniger« . . . – »Und dieser Gott Uccilibos?« – »Ich bin nicht schuld daran, daß Sie Götter mit unmöglichen Namen haben. Schon die Konquistadoren, die sich bemühten, die mexikanische Sprache nachzusprechen, nannten ihn Huchilobos.« – »Ah, jetzt weiß ich es: es handelt sich um Huitzilopochtli.« – »Und Sie glauben, daß man das singen kann? In der Chronik von Solís ist alles zungenbrecherisch. Andauernd zungenbrecherisch: Iztlapalalpa, Goazocoalco, Xicalango, Tlaxcala, Magiscatzin, Qualpopoca, Xicotencatl . . . Ich habe sie als Sprechübung auswendig gelernt . . . Wer in aller Welt ist auf die Idee gekommen, so eine Sprache zu erfinden?« – »Und dieser Teutile, aus dem man uns eine Frau macht?« – »Hat einen aussprechbaren Namen, den man einer Frau geben kann.« – »Und was ist mit Guatimozín, dem eigentlichen Helden von alldem, passiert?« – »Der hätte die Einheit der Handlung durchbrochen.« – »Aber . . . Montezuma wurde gesteinigt!« – »Sehr häßlich als Opernschluß. Allenfalls für die Engländer gut, die ihre Bühnenspiele mit Morden, Enthauptungen, Trauer- und Begräbnismärschen enden lassen. Hier kommen die Leute zu ihrer Unterhaltung ins Theater.« – »Und wohin haben Sie in diesem mexikanischen Mummenschanz Doña Marina gesteckt?« – »Die Malinche war eine Scheißverräterin, und das Publikum mag keine Verräterinnen. Keine von unseren Sängerinnen hätte eine solche Rolle angenommen. Um groß und der Musik und des Beifalls würdig zu sein, hätte diese Indianerin das tun müssen, was Judith mit Holofernes tat.« – »Ihre Mitrena erkennt doch ebenfalls die Überlegenheit der Konquistadoren an.« – »Aber sie ist auch bis zum Schluß die Seele eines verzweifelten Widerstandes. Solche Gestalten haben immer Erfolg.« Der Indianer ließ nicht locker, wenngleich er den Ton etwas senkte: »Die Geschichte sagt uns« . . . – »Lassen Sie mich in Frieden mit der Geschichte in bezug auf das Theater. Worauf es hier ankommt, ist die poetische Illusion . . . Sehen Sie, der berühmte Monsieur Voltaire hat in Paris vor kurzem eine Tragödie uraufgeführt, darin kommt es zu einer Idylle zwischen einem Orosman und einer Zaïre, zwei historischen Gestalten, von denen, wenn sie zum Zeitpunkt der Handlung gelebt hätten, er über achtzig, sie weit über neunzig gewesen wäre« . . . – »Nicht einmal mit Schildpattpulver in Schnaps«, murmelte Filomeno. »Und dort heißt es, der Sultan Saladin habe Jerusalem in Brand gesteckt, was vollkommen falsch ist, denn unsere Kreuzfahrer waren es, die die Stadt zerstörten und die Bewohner über die Klinge springen ließen. Und wenn von den Heiligen Stätten die Rede ist, das werden Sie mir zugeben, dann handelt es sich um Geschichte, um große, ehrwürdige Geschichte.« – »Und die Geschichte Amerikas ist für Sie nicht groß und ehrwürdig?« Der Musiker-Priester packte seine Geige in einen mit fuchsienroter Seide ausgeschlagenen Kasten: »In Amerika ist alles Märchen. Märchen von Eldorados und Potosís und Geisterstädten, sprechenden Schwämmen, Hammeln mit rotem Vlies, Amazonen mit nur einer Brust und Schlitzohren, die sich von Jesuiten nähren« . . . Der Indianer kam wieder in Harnisch. »Wenn Ihnen Märchen so gut gefallen, dann schreiben Sie doch Musik zum ›*Orlando Furioso*‹.« – »Ist schon geschehen: vor sechs Jahren habe ich ihn uraufgeführt« . . . – »Und jetzt sagen Sie bloß, daß Sie einen Orlando auf die Bühne gebracht haben, der nackt, splitterfasernackt und mit bloßen Hoden durch ganz Frankreich und ganz Spanien rennt, ehe er das Mittelmeer durchschwimmt und ganz lässig so nebenbei auf den Mond geht!« – »Hören Sie doch auf mit dem Scheißkram«, sagte Filomeno, der höchst interessiert zusah, wie auf der von den Bühnenarbeitern verlassenen Bühne die Signora Pircher (Teutile) und die Signora Zanucchi (Ramiro), beide schon abgeschminkt und in Straßenkleidern, sich in einer sehr engen Umarmung umschlungen hielten und sich gegenseitig, vielleicht mit zu vielen Küssen, beglückwünschten, wie gut – und das war die Wahrheit – sie beide gesungen hätten. »Tribadie?« fragte der Indianer mit Rekurs auf das feinste Wort, das im Augenblick seinen Verdacht auszudrücken vermochte. »Wen kümmert das?« rief der Priester aus und beantwortete mit seiner plötzlichen Eile fortzugehen einen ungeduldigen Ruf der hübschen Anna Giraud, die, jetzt ungeschönt durch Lichter und Bühnentechnik, im Hintergrund der Bühne erschienen war. »Es tut mir leid, daß Ihnen meine Oper nicht gefallen hat . . . Das nächste Mal werde ich mir einen eher römischen Stoff beschaffen.« Draußen hämmerten die »mori« eben acht Uhr zwischen schon schlafenden Tauben und nebligem Geniesel, das, wiederaufdampfend von den Kanälen, die Emailarbeiten und das Gold ihrer Uhr verbargen.

VIII

Unter dem feinen Nieselregen, der den Mänteln einen gewissen Stallgeruch verlieh, ging der Indianer, ernst und in sich gekehrt, dahin, die Augen auf den Boden geheftet, als zähle er die unter der Stadtbeleuchtung blau schimmernden Pflastersteine der Gasse. Seine Gedanken gerieten nur zu einem Murmeln, das auf halbem Weg zwischen Idee und Wort hängen blieb. »Was ist Ihnen«, fragte Filomeno, »Sie sehen aus, als wären Sie bedrückt von der musikalischen Aufführung, die wir gesehen haben.« – »Ich weiß nicht«, sagte der andere endlich und vergeudete die Stimme nicht länger in unverständlichen Selbstgesprächen. »Der Priester Antonio hat mir mit seiner extravaganten mexikanischen Oper sehr zu denken gegeben. Ich bin der Enkel von Leuten aus Colmenar de Oreja und Villamanrique del Tajo, der Sohn eines Mannes, der in Estremadura zu Hause war und in Medellín getauft wurde – wie Hernán Cortés. Und dennoch geschah mir heute, an diesem Abend, vor einem Augenblick, etwas sehr Seltsames. Je mehr die Musik Vivaldis dahineilte, je mehr ich mich hinreißen ließ von den dramatischen Begebenheiten der Handlung, die sie veranschaulicht, desto größer wurde mein Wunsch, daß die Mexikaner triumphierten, und es wuchs das Verlangen nach einem unmöglichen Ausgang, obgleich ich, der ich dort geboren bin, besser als irgend jemand wissen mußte, wie alles geschehen ist. Ich habe mich bei der verrückten Erwartung ertappt, Montezuma werde die Überheblichkeit des Spaniers brechen, und seine Tochter, wie eine biblische Heroine, den angeblichen Ramiro ermorden. Und plötzlich wurde mir klar, daß ich auf der Seite der Amerikaner stand, mit ihnen den Bogen spannte und den Untergang derer wünschte, die mir das Blut und den Namen gegeben haben. Wäre ich der Don Quijote im Retabel des Maese Pedro[6] gewesen, wäre ich mit Lanze und Schild über meine Leute in Panzerhemd und Pickelhaube hergefallen.« – »Und was soll die Theaterillusion anderes bewirken, als daß wir von da, wo wir sind, dorthin versetzt werden, wohin wir aus eigenem Willen nicht gelangen können?« fragte Filomeno: »Dank dem Theater können wir uns in die Zeit zurückversetzen und – etwas für unser gegenwärtiges Fleisch ganz Unmögliches – in Epochen leben, die für alle Zeiten entschwunden sind.« – »Es dient aber auch dazu – das hat ein alter Philosoph geschrieben –, uns von Ängsten, die im Tiefsten und Geheimsten unseres Seins verborgen sind, zu reinigen . . . Vor dem künstlichen Amerika des schlechten Dichters Giusti hörte ich auf, mich als Zuschauer zu fühlen, um Mitspieler zu werden. Ich beneidete den Massimiliano Miler, weil er ein Montezuma-Kostüm trug, das plötzlich unabdingbar meines war. Es kam mir vor, als spielte der Sänger eine Rolle, die für mich bestimmt gewesen wäre, die ich aber aus Trägheit oder aus Feigheit unfähig war zu übernehmen. Und auf einmal fühlte ich mich fremd in dieser Situation, exotisch an diesem Ort, fehl am Platz und fern von mir selbst und allem, was wirklich mein ist . . . *Manchmal muß man sich von den Dingen entfernen,* ein Meer dazwischen legen, *um die Dinge aus der Nähe zu sehen.*« In diesem Augenblick hämmerten die »mori« dell' Orologio, wie sie es seit Jahrhunderten taten. – »Diese Stadt mit ihren Kanälen und Gondolieri kotzt mich jetzt an. Ich habe die Ancilla gehabt, die Camilla, die Zulietta, die Angeletta, die Catina, die Faustolla, die Spina, die Agatina und viele andere, deren Namen ich vergessen habe, und – jetzt ist Schluß. Noch heute nacht kehre ich zu dem Meinigen zurück. Die Luft, die mich prägt und die mir Gestalt gibt, wenn sie mich umgibt, ist meiner Ansicht nach eine andere.« – »Nach dem Priester Antonio ist dort alles Märchen.« – »Aus Märchen setzt sich die große Geschichte zusammen, vergiß das nicht. Als Märchen erscheint den Hiesigen das Unsere, weil sie den Sinn für das Märchenhafte verloren haben. Märchenhaft nennen sie, was lange zurückliegt, was irrational ist, was gestern war« – der Indianer machte eine Pause. »Sie begreifen nicht, daß das Märchenhafte in der Zukunft liegt« . . . Sie gingen jetzt durch die heitere Calle della

Merceria, die heute weniger belebt war als sonst wegen des Nieselregens, der so anhaltend fiel, daß er schon von den Hutkrempen tropfte. Da erinnerte sich der Indianer der Aufträge, die seine Freunde und Tischgenossen ihm am Abend vor seiner Abreise in Coyoacán mitgeteilt hatten. Natürlich hatte er nie daran gedacht, die erbetenen Marmorproben, den Spazierstock aus polnischem Bernstein, die seltenen Folianten des chaldäischen Bibliothekars zu besorgen noch wollte er sein Gepäck mit Fäßlein Maraschinolikör oder mit römischen Münzen beschweren. Und was die Mandoline mit Perlmuttintarsien betraf . . . , die sollte die Tochter des Inspektors der Maße und Gewichte auf ihrem eigenen Fleisch spielen, wohltemperiert und darauf abgestimmt war es! Aber hier, in diesem Musikalienladen, sollten sich die Sonaten, Konzerte und Oratorien finden lassen, die der Gesangs- und Gitarrenmeister des armen Francisquillo so bescheiden erbeten hatte. Sie traten ein. Der Verkäufer brachte ihnen als erstes ein paar Sonaten von Domenico Scarlatti. »Prima Kerl«, sagte Filomeno in Erinnerung an jene Nacht. »Es heißt, daß er in Spanien ist, der Gauner, und erreicht hat, daß die großzügige und liebevolle Infantin Maria Barbara seine Spielschulden bezahlt, die anwachsen werden, solange eine Karte auf dem Tisch des Spielhausbesitzers liegt.« – »Jeder hat seine Schwächen. Der da ist immer auf die Frauen aus gewesen«, sagte Filomeno und zeigte auf die Konzerte ›Frühling‹, ›Sommer‹, ›Herbst‹ und ›Winter‹ des Priesters Antonio, deren jedem ein schönes Sonett zur Erklärung vorangestellt war. »Der wird immer im Frühling leben, auch wenn ihn der Winter überkommt«, sagte der Indianer. Aber jetzt pries der Ladengehilfe die Verdienste eines bedeutenden Oratoriums: ›Der Messias‹. »Nichts Geringeres als der Messias!« rief Filomeno aus, »darunter tut es der Deutsche nicht.« Er schlug die Partitur auf. »Donnerwetter! Das heißt für Trompete schreiben! Bis ich das werde spielen können!« und er las wieder und wieder voll Bewunderung die Baßarie, die Georg Friedrich auf zwei Sprüche des Korintherbriefs geschrieben hatte. Und zu Tönen, die nur ein Trompeter allererster Güte aus seinem Instrument holen kann, Worte, die aus einem *spiritual* stammen könnten:

The trumpet shall sound
and the dead shall be raised
incorruptible, incorruptible,
and we shall be changed,
and we shall be changed!
The trumpet shall sound,
The trumpet shall sound!«

Als sie das Gepäck zusammengetragen und die Noten in einem festen Lederkoffer verwahrt hatten, auf dem als Schmuck ein aztekischer Kalender prangte, machten sich der Indianer und der Neger auf den Weg zum Bahnhof. Da bis zur Abfahrt des Expreß noch einige Minuten Zeit war, lehnte sich der Reisende aus dem Fenster seines Abteils in den *Wagons-Lits-Cook:* »Es tut mir leid, daß du hier bleibst«, sagte er zu Filomeno, der, leicht fröstelnd wegen der Feuchtigkeit, auf dem Bahnsteig wartete. »Ich bleibe noch einen Tag. Für mich ist das heute nacht eine einmalige Gelegenheit.« – »Das kann ich mir denken . . . Wann kehrst du in dein Land zurück?« – »Ich weiß es nicht. Vorerst werde ich nach Paris fahren.« – »Die Weiber? Der Eiffelturm?« – »Nein, Weiber gibt es überall. Und der Eiffelturm ist schon lange kein Wunder mehr. Allenfalls noch ein Motiv für Briefbeschwerer.« – »Weshalb also?« – »In Paris werden sie mich *Monsieur Philomène* anreden, so mit ph und einem schönen *accent grave* auf dem e. In La Habana wäre ich nur der *›negrito Filomeno‹*.« – »Das wird sich eines Tages ändern.« – »Eine Revolution müßte kommen.« – »Ich mißtraue Revolutionen.« – »Weil Sie zu Hause in Coyoacán viel Geld haben, und wer Geld hat, mag keine Revolutionen . . . Während die *Ichs* – und wir sind viele und werden jeden Tag mehr sein« . . . Wieder einmal – wie oft schon in Jahrhunderten und Jahrhunderten? – hämmerten die »mori« dell' Orologio. »Vielleicht höre ich sie zum letzten Mal«, sagte der Indianer. »Ich habe auf dieser Reise viel bei ihnen gelernt.« – »Auf Reisen lernt man überhaupt viel.« – »Der große Kapadozier Basilius, ein Heiliger und Kirchenlehrer, hat in einem ausgezeichneten Traktat behauptet, daß Moses viele Kenntnisse seinem Leben in Ägypten verdankte und daß Daniel nur deshalb ein so guter Traumdeuter geworden sei – und wie wird das heute geschätzt! –, weil die Magier von Chaldäa ihn vieles gelehrt hatten.« – »Profitieren Sie also von den Ihrigen«, sagte Filomeno, »ich werde mich mit meiner Trompete abgeben.« – »Da bist du in guter Gesellschaft: die Trompete ist aktiv und entschlossen, ein Instrument mit Wut im Bauch und Haaren auf den Zähnen.« – »Deshalb erschallt sie so oft bei den Gerichten der Höchsten Instanz, wenn mit den Hahnreis und Hurensöhnen abgerechnet wird«, sagte der Neger. »Bis die aussterben, wird man das Ende der Zeiten abwarten müssen«, sagte der Indianer. »Komisch«, sagte der Neger, »immer höre ich vom Ende der Zeiten reden. Warum spricht man nicht lieber vom Beginn der Zeiten?« – »Das wird der Tag der Auferstehung sein«, sagte der Indianer. »Ich habe keine Zeit, so lange zu warten«, sagte der Neger ... Der große Zeiger der Bahnsteiguhr übersprang die Sekunde, die ihn von 20^{oo} trennte. Der Zug setzte sich fast unmerklich auf die Nacht zu gleitend in Bewegung. »Adios!« – »Bis wann?« – »Bis morgen?« – »Oder bis gestern« ... sagte der Neger, doch das Wort gestern verlor sich in einem langgezogenen Pfiff der Lokomotive ... Filomeno wandte sich den Lichtern zu, und mit einemmal schien es ihm, als sei die Stadt unglaublich gealtert. Runzeln traten in den Gesichtern ihrer müden Mauern hervor, Risse, Sprünge, Flecken von Zoster und Pilzen, die, schon ehe es Menschen gab, die Dinge befielen, sobald sie erschaffen waren. Die Glockentürme, griechischen Pferde, syrischen Pilaster, Mosaiken, Kuppeln und Wahrzeichen, wieder und wieder vorgezeigt auf Plakaten, die um die ganze Welt wanderten, um die Leute mit *travellers checks* anzulocken, hatten bei dieser Vervielfachung von Bildern das Prestige jener Heiligen Stätten eingebüßt, die nur schauen darf, wer den Beweis einer von Hindernissen und Gefahren strotzenden Reise erbracht hat. Der Wasserspiegel schien gestiegen zu sein. Der Motorbootverkehr vermehrte die Angriffslust der winzigen, aber emsigen und beharrlichen Wellen gegen das Pfahlwerk, die Holzbeine, die Krücken, auf denen die Paläste noch immer ruhten, hier und dort kurzlebig aufgeschminkt durch Maurerkünste oder verschönert durch die kosmetischen Operationen moderner Architekten. Venedig schien Stunde für Stunde in den trüben, aufgewühlten Wassern zu versinken. Eine große Traurigkeit lag in jener Nacht über der kranken, unterhöhlten Stadt. Aber Filomeno war nicht traurig. Er war nie traurig. Heute nacht, in einer halben Stunde, sollte das Konzert sein, das sehnlich erwartete Konzert Eines, der die Trompete schmetterte wie der Gott des Zacharias, der Herr des Isaias, oder wie der Chor des frohlockendsten Psalmliedes der Heiligen Schrift es forderte. Und da er noch viele Aufgaben zu erfüllen hatte überall, wo Musik sich in Rhythmuswerten bestimmt, ging er leichten Schrittes zum Konzertsaal, wo die Plakate ankündigten, daß binnen eines Augenblicks die unvergleichliche Trompete des Louis Armstrong erschallen würde. Und

es schien Filomeno, das einzige in die Zukunft weisende und auf sie abgezielte Lebendige und Wirksame, das ihm in der Lagunenstadt blieb, sei letzten Endes der Rhythmus, seien die elementaren und zugleich pythagoreischen Rhythmen, die dort drüben da waren, aber nicht an anderen Orten, wo die Menschen – erst in jüngster Zeit freilich – nachgewiesen hatten, daß die Sphären keine andere Musik hätten als die ihrer eigenen Sphären: monotoner Kontrapunkt rotierender Geometrien – hatten doch die mühseligen und beladenen Erdenbürger beim Erklimmen des von Ägypten, Sumer und Babylon einst als Gottheit verehrten Mondes nichts gefunden als einen siderischen Schuttabladeplatz mit unbrauchbarem Gestein, einen Trödelmarkt für Geröll und Staub, der auf andere, größere, in entlegeneren Umlaufbahnen kreisende Trödelmärkte verwies, die bereits in Aufnahmen vorgezeigt wurden und, entschlüsselt, Aufschluß darüber gaben, daß diese Erde summa summarum, mochte sie auch manchmal ziemlich verratzt sein, doch nicht so beschissen und Dankes unwert war, wie manche behaupteten – daß sie vielmehr, man mochte sagen, was man wollte, das bewohnbarste Haus des Systems war – und daß der uns bekannte Mensch, war er auch in seiner Art höchst ruchlos und vorwitzig, und da er (vielleicht dazu auserwählt, nichts beweist das Gegenteil) keine anderen Menschen hatte, an denen er sich auf seinem Roulett aus Sonnenmechaniken messen konnte, keine bessere Aufgabe hatte, als sich mit seinen persönlichen Aufgaben zu befassen. Ob er die Lösung seiner Probleme bei den Waffen und Werkzeugen Oggúns[7] oder auf den Wegen Elegguas[7], bei der Bundeslade oder bei der Austreibung der Händler, in dem großen Bazar der platonischen Ideen und Konsumgüterartikel oder in der berühmten Wette der Pascal & Co. Versicherungsgesellschaft, ob er sie im Wort oder bei der Fackel suchte, das war seine Sache. Filomeno befaßte sich vorerst mit der irdischen Musik, denn die Sphärenmusik kümmerte ihn nicht. Er zeigte am Eingang des Theaters sein *ticket* vor, eine Platzanweiserin mit einem phantastischen Hintern – der Neger sah ihn ganz, unter Wahrnehmung allein des Unmittelbaren, Greifbaren – führte ihn zu seinem Sessel, und unter Donnern, gewaltigen Donnern, denn das waren die Beifalls- und Jubelkundgebungen, erschien der wunderbare Louis. Er hob die Trompete an den Mund und setzte mit der Melodie zu *Go down Moses* ein, wie nur er es verstand, dann stimmte er die Melodie zu *Jonah and the Whale* an, die durch den Messingtrichter in den Theaterhimmel emporgetragen wurde, wo schwebende zartrosa Engel, Sänger einer Himmelskantorei, auf ihrem Durchflug vielleicht von den hellen Pinseln Tiepolos festgehalten worden waren. Und die Bibel wurde wieder zum Rhythmus und wohnte wieder unter uns mit *Ezekiel and the Wheel* und strömte aus in einem *Hallelujah, Hallelujah,* das für Filomeno plötzlich die Gestalt Jenes heraufbeschwor – des Georg Friedrich in *jener Nacht* –, der unter einer barockisierenden Statue von Roubillac in dem großen Marmorclub der Westministerabtei lag neben Purcell, der sich ebenfalls so gut auf Mystik und triumphale Trompeten verstand. Und schon konzertierten in einem neuen Vortrag die hinter dem Virtuosen auf der Bühne versammelten Instrumente: Saxophone, Klarinetten, Kontrabässe, elektrische Gitarren, kubanische Trommeln, Maracas (sollten das vielleicht die von dem Dichter Balboa gelegentlich erwähnten »tipinaguas« sein?), Cymbeln, Claves, die wie die Hämmer der Silberschmiede klangen, Vibraphone, Schellenbäume, Rasseln und Triangel und das Klavier mit dem aufgeschlagenen Deckel, das sich nicht im Traum mehr daran erinnerte, daß es in früheren Zeiten einmal »wohltemperiertes Klavier« geheißen hatte. ›Das Orchester mit Posaunen, Drommeten, Harfen, Geigen, Psaltern und Lauten, von dem der Prophet Daniel sprach, derselbe, der in Chaldäa so viel gelernt hatte, muß diesem hier sehr ähnlich gewesen sein‹, dachte Filomeno . . . Aber jetzt legten hinter der Trompete Louis Armstrongs alle zusammen los in einem energischen *strike up* brillanter Variationen über das Thema *I Can't Give You Anything But Love, Baby* – ein neues Barockkonzert, in das sich unerwartet und wunderbar, durch das Oberlicht einfallend, die von den Mohren der Torre dell' Orologio gehämmerten Stundenschläge mischten.

La Habana – Paris, 1974

Anmerkungen

1 *Atolli* ein mexikanisches Getränk.
2 *Huipil* ein ärmelloses Obergewand.
3 *Tezontle* eine Art Tuffstein.
4 *Teules* d. h. Götter oder gottähnliche Wesen nannten laut Diaz del Castillo die Indianer die Spanier.
5 *Licenciado Cabra* Gestalt aus Quevedos Schelmenroman *Der abenteuerliche Buscón.*
6 *El Retablo de Maese Pedro,* historische Erzählung (1967) von Pedro Gomez Yalderrama.
7 *Oggún* und *Eleggua* yorubische Gottheiten.

Anhang

MOTEZUMA

DRAMA PER MUSICA

Da rappresentarsi

NEL TEATRO

DI SANT'ANGELO

Nell'Autunno dell'Anno 1733.

IN VENEZIA,

Appresso Marino Rossetti, in Merceria all'Insegna della Pace.

Con Licenza de' Superiori.

ARGOMENTO

E famoſa l'Iſtoria della Conquiſta del Meſſico ſotto la condotta del Valoroſiſſimo Fernando Cortes in cui diede mirabili contraſsegni di prudenza, e Valore. Ne ſcriſſe con minor ſoſpetto di tutti gl'Auttori la famoſa penna del de Solis, e quantunque giudicato il più intereſſato nelle glorie di queſt'Eroe, nulladimeno io lo giudico il più ſincero. Molte furono le attioni generoſe, ed invite di queſto Duce per arrivare al ſoſpirato confine; ma per ridurmi quant'è poſſibile alla Brevità dell'attione, io mi raccolgo nel tempo, che da Motezuma Imperator del Meſſico fù il Cortes con il ſuo ſeguito riceuuto nella Capitale. Suppongo l'amiſtà benche ſimulata, che fra quelle due Nazioni correva, i preteſti per li quali fù interrotta la pace, e rappreſento nel preſente Drama le calamità dell'ultimo giorno in cui reſtò quel gran Principe ſoggiogato, e vine vinta la Monarchia. Tutto ciò, che di vero abbandono, e che di verisimile aggiongo è per adattarmi alla Scena, e perche meno imperfetto, che sia possibile comparisca il presente Drama intitolato MOTEZUMA.

Le Voci, Fato, Numi, Destino, ed altre sono termini Poetici, che nulla offendono la Religion dell'Auttore, ch'è Cattolico.

SCE-

SCENE MUTABILI.

Atto Primo.

Parte della Laguna del Messico, che divide il Palazzo Imperiale dal Quartiere Spagnuolo, con Ponte magnifico da cui restano uniti li due Piani.

Camera con porta praticabile negl'Appartamenti Terreni.

Atto Secondo.

Sala d'udienza publica.

Campo spazioso corrispondente ad un'ampio seno della Marina vicino all'accampamento.

Atto Terzo.

Parte remota della Città con Torre, e Porta praticabile.

Tempio ove nel fondo si vede la porta principale chiusa; a lato il Simulacro d'Uccilibos il Magg. Nume dei Messicani con Ara ornata per il Sagrificio.

Gran Piazza nella Città del Messico con ornamenti per il Trionfo.

A 4 PER

PERSONAGGI.

MOTEZUMA Imperator del Meſſico.
Il Sign. r Maſſimiliano Miler.
MITRENA ſua Moglie.
La Signora Anna Girò.
TEUTILE loro Figlia.
La Signora Giuſeppa Pircher detta la Tedeſca Virtuoſa di S. A. S. il Sig. Principe d'Armeſtat.
FERNANDO Generale dell' Armi Spagnuole.
Il Signor Franceſco Bilanzoni Virtuoſo di S. E. il Sig. Principe di Torelle.
RAMIRO ſuo Fratello minore.
La Signora Angiola Zanuchi Virtuoſa di S. A. S. il Sig. Principe d'Armeſtat.
ASPRANO Generale dei Meſſicani.
Il Signor Marianino Nicolini Virtuoſo di S. A. S. il Sig. Principe d'Armſtat.

Soldati Spagnuoli.
Soldati Meſſicani.

La Muſica del Vivaldi.
Li Balli del Sig. Giovanni Gallo.
Le Scene del Sig. Antonio Mauro

AT-

Bemerkung

Vivaldi hat mit seinem ›Montezuma‹ ein amerikanisches Thema auf die Bühne gebracht – zwei Jahre, ehe Rameau die in inkaischem Phantasiemilieu spielenden ›*Indes galantes*‹ schrieb –, und die Oper scheint solchen Anklang gefunden zu haben, daß das Libretto von Alvise (manche nennen ihn Girolamo) Giusti zwei italienische Komponisten zu neuen Opern über Episoden der Eroberung Mexikos anregte: den Venezianer Baldassare Galuppi (1706-1785) und den Florentiner Antonio Sacchini (1730-1786).
Ich möchte dem hervorragenden Musikologen und leidenschaftlichen Vivaldi-Verehrer Roland de Condé Dank abstatten dafür, daß er mich auf die Spur des vivaldischen ›Montezuma‹ gebracht hat.
Was das vergnügte Ambiente des Ospedale della Pietà, die Caterina del cornetto, Pierina del violino, Lucietta della viola etc. etc. betrifft, so haben mehrere zeitgenössische Reisende darüber berichtet, allen voran der köstliche Président De Brosse, Musterbeispiel eines Libertin und Freund Vivaldis, in seinen lockeren ›Italienischen Briefen‹.
Doch muß ich darauf aufmerksam machen, daß das Gebäude, auf das ich mich beziehe, nicht das heutige, 1745 erbaute, sondern das frühere ist, das an derselben Stelle der Riva degli Schiavoni lag. Immerhin ist es interessant festzustellen, daß sich die jetzige Pietà-Kirche mit ihren

reichen, theatermäßigen Innenlogen und dem großen, für distinguierte Zuhörer oder hochgestellte Musikliebhaber reservierten Freiplatz in der Mitte, ihrer musikalischen Bestimmung treu, das Aussehen eines Konzertsaals bewahrt hat.

A. C.

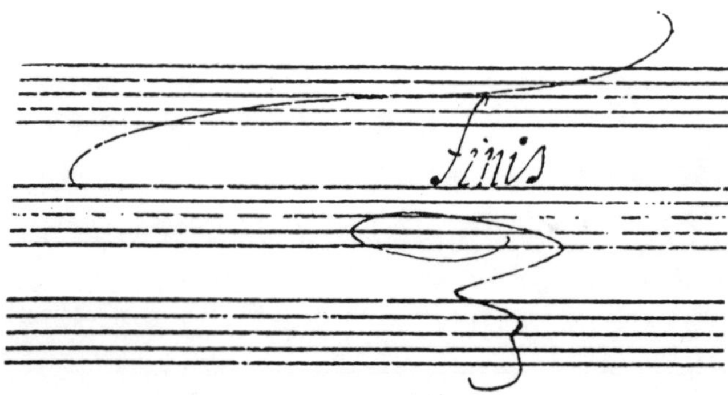
Finis

Bibliothek Suhrkamp

Verzeichnis der letzten Nummern

1197 Claude Lévi-Strauss, Mythos und Bedeutung
1198 Tschingis Aitmatow, Der weiße Dampfer
1199 Gertrud Kolmar, Susanna
1200 Octavio Paz, Die doppelte Flamme, Liebe und Erotik
1202 Gesualdo Bufalino, Klare Verhältnisse
1203 Friedrich Dürrenmatt, Die Ehe des Herrn Mississippi
1204 Alexej Remisow, Die Geräusche der Stadt
1205 Ambrose Bierce, Mein Lieblingsmord
1206 Amos Oz, Herr Levi
1208 Wolfgang Koeppen, Ich bin gern in Venedig warum
1209 Hugo Claus, Jakobs Verlangen
1211 Samuel Beckett, Das letzte Band/Krapp's Last Tape/La dernière bande
1213 Louis Aragon, Der Pariser Bauer
1214 Michel Foucault, Die Hoffräulein
1215 Gertrude Stein, Zarte Knöpfe/Tender Buttons
1216 Hans Mayer, Reden über Deutschland
1217 Alvaro Cunqueiro, Die Chroniken des Kantors
1218 Inger Christensen, Das gemalte Zimmer
1219 Peter Weiss, Das Gespräch der drei Gehenden
1221 Sylvia Plath, Die Glasglocke
1222 Martin Walser, Selbstbewußtsein und Ironie
1223 Cees Nooteboom, Das Gesicht des Auges/Het gezicht van het oog
1224 Samuel Beckett, Endspiel/Fin de partie/Endgame
1225 Bernard Shaw, Die wundersame Rache
1226 Else Lasker-Schüler, Der Prinz von Theben
1227 Cesare Pavese, Die einsamen Frauen
1228 Zbigniew Herbert, Stilleben mit Kandare
1230 Peter Handke, Phantasien der Wiederholung
1231 John Updike, Der weite Weg zu zweit
1232 Georges Simenon, Der Mörder
1233 Jürgen Habermas, Vom sinnlichen Eindruck zum symbolischen Ausdruck
1234 Clarice Lispector, Wo warst du in der Nacht
1235 Joseph Conrad, Falk
1237 Virginia Woolf, Die Wellen
1238 Cesare Pavese, Der schöne Sommer
1239 Franz Kafka, Betrachtung
1240 Lawrence Durrell, Das Lächeln des Tao
1241 Bohumil Hrabal, Ein Heft ungeteilter Aufmerksamkeit
1242 Erhart Kästner, Die Lerchenschule
1243 Eduardo Mendoza, Das Jahr der Sintflut
1244 Karl Kraus, Die Sprache
1245 Annette Kolb, Daphne Herbst
1246 Giuseppe Tomasi di Lampedusa, Die Sirene
1247 Marieluise Fleißer, Die List
1248 Sadeq Hedayat, Die blinde Eule
1250 Paul Celan, Schneepart

1251 György Dalos, Die Beschneidung
1252 René Depestre, Hadriana in all meinen Träumen
1253 Jurek Becker, Bronsteins Kinder
1255 Cesare Pavese, Der Teufel auf den Hügeln
1256 Hans Magnus Enzensberger, Kiosk
1257 Paul Bowles, Zu fern der Heimat
1258 Adolfo Bioy Casares, Ein schwankender Champion
1259 Anna Maria Jokl, Essenzen
1261 Giuseppe Ungaretti, Das verheißene Land/La terra promessa
1262 Juan Carlos Onetti, Magda
1263 Hans Blumenberg, Schiffbruch mit Zuschauer
1264 Hermann Lenz, Die Augen eines Dieners
1265 Hans Erich Nossack, Um es kurz zu machen
1266 Joseph Brodsky, Haltestelle in der Wüste
1267 Mário de Sá-Carneiro, Lúcios Bekenntnis
1268 Gerhard Meier, Land der Winde
1269 Gershom Scholem, Judaica 6
1270 Rafael Alberti, Der verlorene Hain
1271 Bertolt Brecht, Furcht und Elend des III. Reiches
1272 Thomas Wolfe, Der verlorene Knabe
1273 E. M. Cioran, Leidenschaftlicher Leitfaden
1274 Bertolt Brecht, Flüchtlingsgespräche
1275 Else Lasker-Schüler, In Theben geboren
1276 Samuel Joseph Agnon, Buch der Taten
1277 Volker Braun, Die unvollendete Geschichte und ihr Ende
1278 Jan Jacob Slauerhoff, Christus in Guadalajara
1279 Yasushi Inoue, Shirobamba
1280 Gertrud von le Fort, Das fremde Kind
1281 György Konrád, Heimkehr
1282 Peter Bichsel, Der Busant
1284 Carlos Fuentes, Der alte Gringo
1285 Peter Rühmkorf, Lethe mit Schuß
1286 Cees Nooteboom, Der Ritter ist gestorben
1287 Christopher Isherwood, Praterveilchen
1288 Ernst Weiß, Jarmila
1289 Vladimir Nabokov, Pnin
1291 Rainer Maria Rilke, Mitten im Lesen schreib ich Dir
1292 Robert Graves, Der Schrei
1293 S.J. Agnon, Liebe und Trennung
1295 Inger Christensen, Das Schmetterlingstal
1296 Rosario Castellanos, Die Tugend der Frauen von Comitán
1297 Marcel Proust, Freuden und Tage
1298 Weniamin Kawerin, Vor dem Spiegel
1299 Juan Carlos Onetti, Wenn es nicht mehr wichtig ist
1300 Peter Handke, Drei Versuche
1301 Hans Henny Jahnn, 13 nicht geheure Geschichten
1302 Claude Simon, Die Akazie
1303 Hans Blumenberg, Begriffe in Geschichten
1304 Friederike Mayröcker, Benachbarte Metalle
1305 S.Yishar, Ein arabisches Dorf

1306 Paul Valéry, Leonardo da Vinci
1307 Ernst Weiß, Der Augenzeuge
1308 Octavio Paz, Im Lichte Indiens
1309 Gertrud Kolmar, Welten
1310 Alberto Savinio, Tragödie der Kindheit
1311 Zbigniew Herbert, Opfer der Könige
1312 Edoardo Sanguineti, Capriccio italiano
1314 Augusto Roa Bastos, Die Nacht des Admirals
1315 Frank Wedekind, Lulu – Die Büchse der Pandora
1316 Jorge Ibargüengoitia, Abendstunden in der Provinz
1317 Marina Zwetajewa, Ein Abend nicht von dieser Welt
1318 Hans Henny Jahnn, Die Nacht aus Blei
1319 Julio Cortázar, Andrés Favas Tagebuch
1320 Thomas Bernhard, Das Kalkwerk
1321 Marcel Proust, Combray
1322 Ludwig Wittgenstein, Logisch-philosophische Abhandlung
1323 Hermann Lenz, Spiegelhütte
1325 Sigrid Undset, Das glückliche Alter
1326 Botho Strauß, Gedankenfluchten
1328 Paul Nizon, Untertauchen
1329 Álvaro Mutis, Die letzte Fahrt des Tramp Steamer
1330 Sherwood Anderson, Winesburg, Ohio
1331 Derrida / Montaigne, Über die Freundschaft
1332 Günter Grass, Katz und Maus
1333 Gert Ledig, Die Stalinorgel
1334 Yasushi Inoue, Schwarze Flut
1335 Heiner Müller, Ende der Handschrift
1336 Hans Blumenberg, Löwen
1337 Konstantinos Kavafis, Gefärbtes Glas
1338 Wolfgang Koeppen, Die Jawang-Gesellschaft
1339 Jorge Semprun, Die Ohnmacht
1340 Marina Zwetajewa, Versuch, eifersüchtig zu sein
1341 Hermann Hesse, Der Zauberer
1342 Hermann Broch, Hofmannsthal und seine Zeit
1343 Bertolt Brecht, Kalendergeschichten
1344 Odysseas Elytis, Oxópetra / Westlich der Trauer
1345 Hermann Hesse, Peter Camenzind
1346 Franz Kafka, Strafen
1347 Amos Oz, Sumchi
1348 Stefan Zweig, Schachnovelle
1349 Ivo Andrić, Der verdammte Hof
1350 Rudolf Borchardts Leben von ihm selbst erzählt
1351 André Breton, Nadja
1352 Ted Hughes, Etwas muß bleiben
1353 Arno Schmidt, Das steinerne Herz
1354 José María Arguedas, Diamanten und Feuersteine
1355 Thomas Brasch, Vor den Vätern sterben die Söhne
1356 Federico García Lorca, Zigeunerromanzen
1357 Imre Kertész, Der Spurensucher
1358 István Örkény, Minutennovellen

1359 Josef Winkler, Natura morta
1360 Giorgio Agamben, Idee der Prosa
1361 Alfredo Bryce Echenique, Ein Frosch in der Wüste
1363 Ted Hughes, Birthday Letters
1364 Ralf Rothmann, Stier
1365 Arno Schmidt, Seelandschaft mit Pocahontas
1366 Bertolt Brecht, Geschichten vom Herrn Keuner
1367 M. Blecher, Aus der unmittelbaren Unwirklichkeit
1368 Joseph Conrad, Ein Lächeln des Glücks
1369 Christoph Hein, Der Ort. Das Jahrhundert
1370 Gertrud Kolmar, Die jüdische Mutter
1371 Hermann Lenz, Vielleicht lebst du weiter im Stein
1372 Ludwig Wittgenstein, Philosophische Untersuchungen
1373 Thomas Brasch, Der schöne 27. September
1374 Péter Esterházy, Die Hilfsverben des Herzens
1375 Stanislaus Joyce, Meines Bruders Hüter
1376 Yasunari Kawabata, Schneeland
1377 Heiner Müller, Germania
1378 Du kamst, Vogel, Herz, im Flug; Spanische Lyrik
1379 Giorgio Agamben, Kindheit und Geschichte
1380 Louis Begley, Lügen in Zeiten des Krieges
1381 Alejo Carpentier, Das Reich von dieser Welt
1382 Nagib Machfus, Das Hausboot am Nil
1383 Guillermo Rosales, Boarding Home
1384 Siegfried Unseld, Briefe an die Autoren
1385 Theodor W. Adorno, Traumprotokolle
1386 Rudolf Borchardt, Jamben
1387 Günter Grass, »Wir leben im Ei«
1389 Hans-Ulrich Treichel, Der Felsen, an dem ich hänge
1388 Palinurus, Das unruhige Grab
1390 Edward Upward, Reise an die Grenze
1391 Adonis und Dimitri T. Analis, Unter dem Licht der Zeit
1392 Samuel Beckett, Trötentöne/Mirlitonnades
1393 Federico García Lorca, Dichter in New York
1394 Durs Grünbein, Der Misanthrop auf Capri
1395 Ko Un, Die Sterne über dem Land der Väter
1396 Wisława Szymborska, Der Augenblick/Chwila
1397 Brigitte Kronauer, Frau Melanie, Frau Martha und Frau Gertrud
1398 Idea Vilariño, An Liebe
1399 M. Blecher, Vernarbte Herzen
1401 Gert Jonke, Schule der Geläufigkeit
1402 Heiner Müller / Sophokles, Philoktet
1403 Giorgos Seferis, Ionische Reise
1404 Christa Wolf, Nachdenken über Christa T.
1405 Günther Anders, Tagesnotizen
1406 Roberto Arlt, Das böse Spielzeug
1407 Hermann Hesse / Stefan Zweig, Briefwechsel
1408 Franz Kafka, Die Zürauer Aphorismen
1409 Saadat Hassan Manto, Schwarze Notizen
1410 Arno Schmidt, Die Gelehrtenrepublik

Bibliothek Suhrkamp

Alphabetisches Verzeichnis